BIBLIOTHÈQUE DE LA JEUNESSE

M. MÉRIDIEN AU PAYS DES NEIGES

PAR EUGÈNE LE MOUËL

LIBRAIRIE HACHETTE

BIBLIOTHÈQUE BLEUE

Agraives (J. d') et **Grancher** (M.-E.) : *Mirage d'Asie.*

Armagnac (Mlle d') : *La Carrière d'Alexis Iourouskine.*

Cervières (Paul) : *Terre d'exil.*
Ouvrage couronné par l'Académie française.

Colomb (Mme) : *L'Héritière de Vauclain.*

Corthis (André) : *Les Rameaux rouges.*

Daudet (Ernest) : *Robert Darnetal.*

Dourliac (H.-A.) : *Méprises du Cœur.*

Fleuriot (Mlle Zénaïde) : *Raoul Daubry.*
— *Mandarine.*
— *Tombée du nid.*

Garreau (L.) : *L'Héritière de la Benauge.*

Kérouan (Jean) : *La Fortune de Chienfou.*

Maël (Pierre) : *Poucette.*

Marcel-Denis et **Francelois** : *Permis de conduire.*

Nanteuil (Mme de) : *En Esclavage.*
— *L'Epave mystérieuse.*

Renard (Mme Georges) : *La Montagne aux Neiges éternelles.*
Ouvrage couronné par l'Académie française.
— *Les Albatros.*

Rousseau (Mlle) : *Le Médaillon antique.*

Toudouze (G.) : *Le Reboutou.*

Vincent (Paul) : *Antoinette de Brivière.*

« LES GRANDES AVENTURES »

Jean d'Agraives .. .. L'AVIATEUR DE BONAPARTE
— .. .. LE CORSAIRE BORGNE
— .. .. LES AILES DE L'AIGLE
— .. .. LE SORCIER DE LA MER
— .. .. LE DERNIER PIRATE
J. Crévelier .. .. LE SECRET DE L'ONCLE BAPTISTE
C. Ivans .. .. LE MYSTÈRE DE LA FORÊT
Jean Kérouan .. .. .. LES CHASSEURS DE COMÈTES
George Marsh .. .. .. LES ENFANTS DE LA NEIGE
N. Sevestre .. .. EN SURVOLANT L'ATLANTIQUE

M. MÉRIDIEN AU PAYS DES NEIGES

M. MÉRIDIEN AU PAYS DES NEIGES

PROLOGUE

Dans la partie boréale de l'Amérique, au nord du Canada, entre l'Alaska et la baie d'Hudson, dans le Northland, pour employer l'expression des Anglais auxquels appartiennent ces territoires, s'étendent de vastes plaines couvertes de neige.

Il n'y a d'autre végétation que des arbustes rabougris et des mousses, la plupart du temps ensevelis sous un linceul blanc, alternant avec des forêts de sapins.

De loin en loin, des cours d'eau glacés sinuent entre des rochers sauvages.

C'est le domaine des animaux à fourrures. Aussi des Européens hardis s'aventurent dans ces solitudes, pour y faire le commerce des peaux, dont certaines atteignent des prix considérables.

L'espoir de gros profits l'emporte sur la crainte des dangers.

Car des Indiens, venant du Sud, et considérant ces steppes arides comme leur propriété nationale, s'y établissent également dans des campements provisoires, et il en résulte qu'en suivant la piste des bêtes, ils s'acharnent en même temps sur les pas des chasseurs étrangers. Ils ont voué une haine mortelle à ces trappeurs aux visages pâles, à ces intrus assez audacieux pour leur disputer des proies qu'ils estiment leur appartenir exclusivement.

Donc, entre les uns et les autres existe une haine farouche, et ce ne sont qu'embuscades, guet-apens, surprises, batailles, dont les deux partis, tour à tour, sortent vainqueurs.

C'est pourquoi, de place en place, dans ces régions désolées, s'élèvent des forts en bois, entourés de palissades et occupés par des détachements de la police du Royal North West, commandés par un officier.

C'est là, sous la protection de l'autorité, que vivent les trappeurs et qu'ils se retirent entre leurs chasses.

Un matin, tapis derrière des buissons, immobiles dans l'enchevêtrement des branches basses des sapins, à plat ventre, l'oreille collée au sol, des Indiens étaient aux aguets.

De leurs yeux perçants, ils sondaient les profondeurs de la forêt dont rien ne troublait le silence que, parfois, le passage rapide, en éclair, d'un rat musqué.

Le temps n'est plus des Sioux et des Apaches de Fenimore Cooper, armés de tomawaks et de flèches. Ceux-ci tenaient solidement dans leurs mains des carabines du dernier modèle, achetées chez un armurier de Dawson-City, au Yukon, tout là-bas, par delà la rivière Mackensie.

Une demi-heure s'écoula sans qu'ils fissent un mouvement.

Soudain, l'un d'eux, qui se tenait à quelque distance du groupe, en sentinelle avancée, leva silencieusement la main ; cela signifiait : « Soyez sur vos gardes. »

Bientôt, des craquements de rameaux se firent entendre... Entre les troncs noirs, une forme rampait, venant vers eux.

Les Indiens gardèrent leur attitude impassible. Ils avaient reconnu leur chef.

Quand il fut à proximité de la sentinelle, les autres se rapprochèrent sans bruit et, à voix basse, on l'interrogea :

« Eh bien, « Aigle qui plane » ? (C'était le nom du chef.)

— Le grand Esprit est avec nous, reprit-il solennellement.

— Tu as trouvé des traces ?

— Oui, des traces de renard bleu...

— Un beau gibier !

— Et, sur les traces de renard bleu, le sillage d'un gibier qui vaut mieux encore.

— Pourtant, il n'y en a pas dont la peau soit d'un plus haut prix. »

Les muscles du visage de l' « Aigle qui plane » se contractèrent dans une expression de défi; des lueurs avivèrent ses prunelles, et il reprit :

« Si, il y a la peau des étrangers... des voleurs ! Vous comprenez... J'ai relevé, derrière les empreintes des griffes du renard, celles des raquettes des trappeurs... Elles ne sont pas pareilles aux nôtres... Ils sont en chasse par ici et, les ayant épiés, je sais où les rejoindre... Vous comprenez... »

Un murmure d'approbation accueillit les paroles du chef, et la même phrase expira en sourdine sur les lèvres des six Indiens qui l'entouraient :

« Nous sommes à tes ordres ; conduis-nous. Tu penses que nous les retrouverons ?

— A cinq cents pas d'ici, dans une clairière, ils se reposent, étendus autour d'un feu... Nous allons les surprendre... Retenez vos souffles et glissez-vous sans bruit à travers les fourrés. »

A la file, en rampant, avançant d'une allure feutrée, pareille à celle des chats en maraude qui guettent des oiseaux, ils suivirent l' « Aigle qui plane » et parvinrent bientôt sur la lisière d'un espace découvert au milieu duquel une demi-douzaine de trappeurs se chauffaient à la flamme d'un brasier.

Ils levaient déjà leurs carabines pour les mettre en joue quand une branche sèche, tombant d'un arbre, troubla d'un frôlement léger le silence profond.

Cela suffit pour éveiller l'attention des trappeurs qui se retournèrent vivement et aperçurent, entre le quadrillage des rameaux, les visages d'ocre de leurs agresseurs... Le coup était manqué !

Des détonations retentirent... Des balles sifflèrent... On entendit des cris de douleur et, sur la neige, il y eut des plaques rouges.

Du côté des trappeurs, deux hommes étaient tombés, mortellement atteints. Du côté des Indiens, mieux abrités et offrant des cibles moins précises, un seul... Ses compagnons l'emportèrent et, en un clin d'œil, disparurent.

« Inutile de nous élancer à leurs trousses, déclara un grand gaillard, paraissant être le principal personnage de la petite troupe qui venait d'être attaquée à l'improviste, et dont pas un seul n'eût échappé au massacre sans le miraculeux hasard de la branche tombée... Ils ont rejoint leur campement, et nous ne sommes pas en nombre pour leur tenir tête. »

Celui qui venait de prononcer ces mots était un homme de quarante ans environ, de haute taille, brun, la peau basanée et portant toute sa barbe. A ses gestes, à sa tournure, en dépit du costume informe de fourrure dont il était revêtu, on devinait un être d'une caste supérieure à celle de ceux qui l'entouraient.

Ses attitudes, ses regards reflétaient une volonté puissante, mais la douceur de la voix et, souvent, une tendresse infinie voilant l'éclat de ses yeux atténuait ce qu'il y avait de rude en lui, au premier examen.

DU COTÉ DES TRAPPEURS, DEUX HOMMES ÉTAIENT TOMBÉS, MORTELLEMENT ATTEINTS

Il alla successivement vers les deux corps inertes qui gisaient sur le sol blanc, introduisit le goulot de sa gourde, pleine de rhum, entre leurs dents, colla son oreille contre leur cœur et, au bout de quelques instants, se releva, laissa tomber ses bras en signe de découragement et gémit :

« Pauvres garçons !... Rien à faire. Ils sont bien morts.

— Oui, reprit une voix dans son entourage, comme Friedman, comme Paolo, comme Denis, comme Jordaens. »

C'étaient d'autres aventuriers faisant partie de la bande des trappeurs et dont les noms révélaient qu'ils étaient venus de toutes les parties du monde, qui, déjà, avaient succombé dans des escarmouches du même genre avec les Indiens. Car elles se renouvelaient fréquemment et, de jour en jour, le rude métier qu'ils avaient choisi apparaissait aux survivants de plus en plus périlleux.

Et ce fut un concert de récriminations de la part des trois acolytes qui entouraient l'homme brun et qui, eux aussi, considéraient avec des visages empreints d'une sorte d'angoisse les cadavres étendus à leurs pieds.

« Vos gémissements ne servent à rien, leur dit-il impérieusement. Quand je vous ai embauchés, je ne vous ai pas caché que notre existence ne serait pas toute rose. On n'a pas de profits sans risques.

— Singulier profit que d'être couché pour toujours sous une croix noire, dans le cimetière du fort.

— La part de ceux qui en réchapperont ne sera que plus belle... Etre venus jusqu'ici, avoir bravé tant d'épreuves pour geindre comme des femmelettes ! Je ne vous reconnais pas... Allons ! Hissons les dépouilles de nos camarades sur nos épaules, et emmenons-les pour leur donner une sépulture. »

Et l'on put bientôt assister à ce spectacle macabre d'ombres filant éperdûment sur leurs patins, parmi des tourbillons de neige, et courbées alternativement sous le poids d'êtres humains, inertes, aux bras ballants, dont c'était la dernière course en ce monde.

On creusa leurs fosses à l'abri de la palissade qui entourait le fort, auprès de celles dont de simples croix de bois marquaient déjà l'emplacement ; on les inhuma en présence des soldats et de l'officier qui récita le *De Profundis* suprême, — et les jours passèrent.

Des seize trappeurs qui étaient venus, quelques mois auparavant, sous ce rude climat du Northland, il n'en restait plus que dix, dont celui qui les avait recrutés et qu'ils avaient appelé d'un nom bref, Roc, ignorant celui qui figurait sur son état civil, là-bas, au pays de France, d'où ils savaient seulement qu'il était originaire.

Et ce nom là résumait toute l'énergie, toute l'endurance, toute la fermeté inébranlable de leur chef.

Ces qualités devenaient de plus en plus indispensables au conducteur de la troupe, au sein de laquelle peu à peu s'infiltrait un sentiment certain de lassitude, un désir de tout abandonner.

Quelques-uns parlaient déjà de la prochaine relève de la garnison du fort pour regagner, sous la protection des soldats rapatriés, des contrées moins hostiles.

Roc avait beau leur dire qu'en abandonnant les lieux de chasse, avant d'avoir amassé une grande quantité de peaux, dont la vente les enrichirait, ils perdraient les avantages des sacrifices consentis, ils ressembleraient à des maçons qui, après avoir bâti une maison à grand'peine, la démoliraient de leurs propres mains.

Ces exhortations, prononcées d'une voix chaude avec une éloquence naturelle, le prestige d'une nature supérieure et le don du commandement retenaient encore les hommes de Roc à ses côtés, mais la crainte des Indiens, acharnés contre eux, paralysait leurs opérations et il pressentait qu'à la première rencontre meurtrière, il n'aurait plus raison de leur découragement.

Sur ces entrefaites se produisit un événement inattendu qui changea le cours des choses.

Cette préoccupation constante de voir s'effondrer, avant leur complète réalisation, les projets qui déjà lui avaient coûté tant de peines, eut son contre-coup sur le tempérament robuste du trappeur. Brisé par la fièvre, à la suite d'un chaud et froid, il dut, pendant quelques jours, ne pas accompagner ses hommes dans leurs sorties journalières.

Un soir, qu'étendu sur son lit, il songeait amèrement à la situation et que, sa pensée s'en allait au loin vers des êtres chers qu'il avait quittés pour tenter fortune, à cause d'eux sans doute, des murmures joyeux éclatèrent au dehors; la porte s'ouvrit et les mêmes hommes dont la physionomie était si sombre d'ordinaire firent irruption dans sa chambre. Leurs visages étaient empreints d'une joie grossière et l'un d'eux qui portait un fardeau entre ses bras, enveloppé de fourrures, le déposa devant Roc, en s'écriant « Pour un bon tour, c'est un bon tour ». En même temps il écartait les peaux du paquet informe dont il s'était débarrassé.

Une petite Indienne en sortit, jolie à ravir, mais tout son corps était agité de frissons et de ses grands yeux noirs, dilatés par la frayeur, roulaient de grosses larmes.

Roc la contempla, stupéfait. « Qu'est-ce que cela veut dire ? demanda-t-il.

— Patientez un peu, patron, répliqua celui des trappeurs qui avait apporté l'enfant... On va mieux vous expliquer.

« Voilà, en peu de mots... C'est une idée que j'ai eue. Je savais, comme nous savions tous, que « L'Aigle qui plane », le chef des Indiens, était le père d'une fillette qu'il avait amenée avec lui et qu'il adorait... Alors nous avons profité d'un moment où elle était seule au wigwam pour l'enlever... Ce n'est pas pour nous vanter, mais c'est du beau travail. »

Roc, blême d'indignation, sursauta.

« C'est infâme ce que vous avez fait là !

— Pourquoi donc ?... On se défend comme on peut. Nous avons piqué avec un couteau, sur la porte de la cabane de « l'Aigle qui plane », un mot d'écrit que je sais par cœur. Il est marqué ceci... :

« Nous emmenons ta fille comme otage... Si tu continues à nous attaquer, à nous gêner dans nos chasses, œil pour œil, dent pour dent... Au premier d'entre nous qui tombe sous vos balles, malheur à ta fille ! »

— Vous avez fait cela ! Une pauvre innocente !... Ah le malheureux père !... C'est vous les sauvages ! Oui vous êtes des sauvages ! »

Ses compagnons affectèrent de ricaner sous ces rudes apostrophes, étrangers à toute délicatesse de cœur.

Roc avait attiré la fillette contre lui et par ses caresses cherchait à la consoler... Soudain, malgré sa faiblesse, il se leva...

« Cette petite sera rendue à son père, fit-il ; je vais prier l'officier qui commande le fort d'obtenir un sauf-conduit de « l'Aigle qui plane » et de prendre les mesures pour qu'elle lui soit remise.

— Alors, grognèrent les trappeurs, ne comptez plus sur nous. »

Le lieutenant, auprès duquel se rendit Roc, partagea son dégoût pour cette action déloyale, mais il ajouta :

« Hélas ! le mal est fait... Si vous persistez dans votre intention, tous vos hommes vous refuseront leur concours...

— Ils viennent de m'en menacer...

— J'ai donc deviné juste... Ou vous parviendrez à les persuader de vous rester fidèles et à continuer vos entreprises. Alors les Indiens, n'ayant plus rien à craindre pour la vie de l'enfant, revenue parmi eux, nous feront une guerre encore plus acharnée, poussés par le ressentiment... Quelle que soit votre juste indignation, que je partage entièrement, je crois que vous n'avez pas d'autre parti à prendre que de garder la petite, jusqu'à nouvel ordre, du moins. »

Roc fut obligé de reconnaître le bien fondé des arguments du lieutenant. Il s'efforça de taire les paroles de révolte qui lui montaient du cœur aux lèvres. Il conserva la fillette près de lui, en s'ingéniant à lui rendre la captivité aussi douce que possible.

Résignée en apparence, elle semblait reconnaissante des bons soins et des attentions qu'il lui prodiguait, mais au fond de sa petite âme couvait un immense désespoir.

Le procédé barbare dont avaient usé les compagnons de Roc semblait avoir réussi. Insensibles aux remords et étrangers à tout scrupule, ils triomphaient.

Car depuis l'enlèvement, les Indiens avaient disparu des alentours et leurs ennemis pouvaient chasser en paix et rapporter chaque soir de nombreuses prises, sans que désormais, nulle embûche ne leur fût dressée.

L' « Aigle qui plane », depuis le rapt de sa chère enfant, terrorisé par la menace tracée sur le sinistre papier cloué à sa porte, avait donné des ordres pour que les siens s'abstinssent de toute hostilité.

Il demeurait au long des jours dans l'intérieur de sa cabane, prostré, accablé de désolation, tandis que sans cesse se dressait dans sa mémoire le souvenir de la chère bien-aimée dont la vue, naguère réjouissait ses yeux, le seul être qui lui restait d'une famille nombreuse...

Cependant, une nuit, quelques partisans de sa tribu, avaient arrêté un traineau, dont le conducteur emportait la correspondance du fort, pour qu'elle fût acheminée, de poste en poste jusqu'aux villes du Canada et de là, en Europe.

Conformément aux ordres reçus et se souvenant de l'affreuse menace « Œil pour œil, dent pour dent » ils s'étaient abstenus de toute violence sur la personne du courrier et s'étaient bornés à lui enlever la sacoche contenant les plis.

Ils l'apportèrent à « l'Aigle qui plane », lequel parcourut attentivement toutes les lettres. Il avait vécu au Canada dans sa jeunesse et s'y était familiarisé avec le français et l'anglais.

Et il parut, quand il en eût terminé la lecture que les plis habituels de son front se détendaient... Un pâle sourire éclaira ses traits et il murmura plusieurs fois, en serrant les poings : « J'aurai ma vengeance ! »

CHAPITRE I

Figurez-vous une grosse personne, aux alentours de la cinquantaine, dont la face luisante est de la couleur d'un oignon rose, avec un petit nez tout rond, des yeux aigus de souris et une bouche quelque peu moustachue. Quant aux oreilles, elles disparaissaient sous les ailes d'une coiffe bretonne.

Ajoutons, pour que vous fassiez complètement sa connaissance, que son corps est dodu de la tête aux pieds et que, malgré sa corpulence, elle a des allures vives et la démarche rapide.

De son état, elle est servante chez M. Claude Méridien, savant géographe, membre de l'Institut, et répond au nom d'Agnès Toupignon.

Au moment où nous la voyons pour la première fois, Agnès est en train de faire le ménage de son maître, dans l'appartement qu'il occupe au troisième étage du n° 153, du Quai Voltaire. A l'extrémité de son bras droit, dont la manche est retroussée jusqu'au coude, frétille un plumeau, tandis que simultanément, au bout de son bras gauche, s'agite un torchon. Tout en époussetant, tout en essuyant, la grosse fille bougonne. C'est son habitude... Agnès grogne toujours.

Cela ne veut point dire qu'elle soit hargneuse, ni malveillante. Bien au contraire. On ne trouverait pas dans tout Paris une domestique plus zélée, plus dévouée, plus affectueuse. Que voulez-vous ?... c'est sa nature de ne paraître jamais contente, alors qu'au fond nulle n'est plus satisfaite de son sort. Agnès appartient à l'espèce des bourrus bienfaisants et ressemble à cette catégorie d'animaux qui témoignent de leur plaisir par de petits grognements.

Pourtant il y a une raison à cette apparence de mauvaise humeur et nous nous en rendrons mieux compte à mesure que nous entrerons davantage dans son intimité.

Déjà, en écoutant les bouts de phrases qui fusent entre ses dents, nous nous ferons une idée du motif principal de ses protestations journalières.

Elle s'est campée devant une demi-douzaine de mappemondes, de toutes les tailles, alignées sur une planchette contre le mur et se laisse aller à des réflexions de ce genre :

« En voilà des manivelles ! à quoi ça sert-il, je vous le demande. Quand on pense que Monsieur passe des heures, le nez là-dessus, à les faire tourner dans tous les sens...

« Attends, va... j'vas les faire tourner aussi ! »

Et, rageusement, elle donne de grands coups de plumeau sur les sphères qui virent à toute vitesse autour de leurs pivots.

Puis, maugréant toujours, en continuant sa besogne, Agnès ne tarit point...

« Si ça amuse Monsieur, c'est son affaire... Des fois qu'il retomberait en enfance, on le soignera le pauvre cher homme... Mais les petits !

« Est-ce que c'est des occupations de leur âge de rester des soirées entières, tranquilles comme des images, à écouter not'maître, les yeux grands comme des lucarnes, fixés sur ces boules-là ! Est-ce qu'ils ne feraient pas mieux de jouer à la manille et aux dominos !

« Ou bien quand ils ne sont pas, le nez en l'air, suspendus à ces espèces de machines, ils sont plongés dans des livres... Si ça a du bon sens... Y en a qui tiennent toute la table, tant ils sont grands... Des atlas qu'ils appellent ça ! S'il n'y avait que moi, ils feraient du feu, leurs atlas ! ils iraient dans le poêle !

« Ah ! la magnifique flambée avec tous les bouquins qui sont ici... Il y en a partout, jusque sous le lit de Monsieur ! En voilà des engins qui ramassent la poussière ! Et si j'ai le malheur de les déranger pour balayer, Monsieur n'est pas content.

« Oh ! il ne se met pas en colère. C'est la bonté même que Monsieur et même il a l'air gêné pour me dire « Agnès, je vous en supplie, ne touchez pas à mes livres... je ne m'y retrouve plus. »

« Parbleu oui, ça m'ennuie de le chagriner, mais je ne peux pourtant pas laisser la crasse s'amonceler dans l'appartement. Y en a qui ont tout de même des drôles de manies dans ce bas-monde ! »

Après qu'elle eut exhalé sa bile dans les termes que nous venons de rapporter, Agnès reprit son ouvrage tout en foudroyant du regard les bibliothèques garnissant les quatre côtés du cabinet de M. Méridien.

Quand le nettoyage de la pièce fut terminé elle passa dans la salle à manger.

Là, allongé sur le ventre, le front dans les mains, un enfant de sept à huit ans, lisait un livre posé sur le tapis du parquet.

Un rayon de soleil passant par la fenêtre dorait ses cheveux blonds et son visage, tendu vers le texte, demeurait immobile dans la clarté.

L'entrée de la bonne ne l'avait pas détourné de sa lecture.

Celle-ci, lâcha son plumeau, son torchon, joignit les mains et leva les yeux au ciel comme pour le prendre à témoin d'une catastrophe.

Puis, d'une voix à faire trembler les vitres, elle s'écria : « Bernard... Bernard, es-tu fou ? »

L'enfant sursauta, troublé dans son recueillement par l'apostrophe tonitruante ; et s'étant mis debout, d'un bond, il partit d'un éclat de rire en apercevant la bonne:

« C'est toi qui es folle, Nénette... » reprit-il. Il la tutoyait et l'appelait de ce petit nom familier, car elle l'avait élevé, comme nous ne tarderons pas à l'apprendre au cours de ce récit.

Et pour bien prouver qu'il ne lui en voulait pas de l'avoir troublé dans sa lecture, il bondit lestement vers elle et lui sauta au cou.

La bonne grosse fille se radoucit aussitôt et l'embrassa à pleine bouche.

« Tu comprends, mon petit Bernard, lui dit-elle, ça n'est pas des manières de ton âge d'être toujours fourré dans les bouquins.

— Mais puisque ça m'amuse.

— Ta, ta, ta ! Tu te figures que ça t'amuse. C'est Monsieur qui vous a inculqué de pareilles idées dans la tête, à toi et à ton frère... La géographie, les voyages, les explorateurs, on n'entend que ça toute la journée.

— Justement, Agnès... j'étais en train de lire *Le Tour du Monde en quatre-vingts jours* de Jules Verne... C'est joliment amusant...

— Ça serait bien plus amusant et surtout bien plus sain pour toi, mon chéri, d'aller jouer, avec Jeannot; c'est aujourd'hui jeudi; il fait beau soleil, je parie qu'il t'attend. »

Elle entraîna Bernard vers la fenêtre :

« Tiens, regarde si je mens... Il est là ton camarade... »

Et du doigt elle désigna un garçonnet qui, tout seul sur le trottoir du quai, poussait un caillou à cloche-pied, entre des lignes tracées à la craie, le long du bitume.

A côté de lui, un vieux bouquiniste fumait sa pipe, surveillant tour à tour ses boîtes alignées sur le parapet et les ébats de l'enfant, son petit-fils.

Ce bonhomme Tardivel avait une grande admiration pour M. Méridien, qui lui témoignait de l'amitié et souvent s'arrêtait à faire un bout de causette, ce qui l'honorait infiniment.

En sorte que le savant envoyait souvent, les jeudis, quand le temps était beau, son petit neveu Bernard jouer avec Jeannot, le petit-fils du bouquiniste Tardivel.

Nous venons de constater que, ce matin-là, le garçonnet qui, pourtant, était plein d'entrain et ne boudait pas aux parties de marelle, avait préféré la lecture.

C'est ce que ne pouvait pas comprendre la servante Agnès qui lui répétait :

« Va t'amuser, mon petit... Ça vaudra mieux que de te fatiguer la vue sur des gribouillages. »

Et elle comprit encore moins, quand elle s'aperçut que l'enfant, au lieu de l'écouter, suivait les panaches d'un remorqueur descendant la Seine... Et un sentiment d'anxiété se peignit sur son visage quand elle l'entendit s'écrier :

« Tiens, Nénette, ce bateau-là s'en va peut-être jusqu'au Havre, jusqu'à la mer... Moi aussi je voudrais aller à la mer et m'embarquer pour des pays lointains... C'est beau de voyager, de courir le monde...

— Ah, oui, c'est beau, reprit-elle... On fait naufrage ou bien on attrape la fièvre jaune, comme défunt mon frère Mathurin, qui est décédé dans les Amériques, un pays à ne pas mettre les pieds...

« Est-ce Dieu possible de farcir avec des idées pareilles la tête d'innocents qui n'ont pas encore de raisonnement.

« Ah ! Monsieur est bien coupable...

« Lui, il n'a jamais bougé du coin de son feu ; seulement, il s'expose, à force de vous bourrer le crâne de sa maudite géographie, à ce qu'un jour, toi et ton frère Hervé, qui est empoisonné tout pareillement, vous partiez à l'aventure, comme des corneilles qui abattent des noix ! Quand on laisse la porte de la cage ouverte, les oiseaux s'envolent.

— Ne te fâche pas, ma bonne Nénette. Nous ne sommes pas encore partis !

— Si je me fâche ! C'est indigne d'élever des pauvres enfants comme ça. C'est des choses qui vous coupent les bras... J'vas lui donner mes huit jours à Monsieur... Et pour commencer, je ne vas pas faire la salle à manger... Non, je ne vas pas la faire ! »

Mais tout en donnant libre cours à son indignation, elle nettoya et rangea comme à l'habitude et frotta même les meubles plus vigoureusement, sous l'empire de la colère.

Ce qui, d'ailleurs, ne troubla pas Bernard, habitué à ces orages. Il continua tranquillement sa lecture, mais enfoncé dans un fauteuil, pour ne pas gêner le balayage d'Agnès, s'il eût repris sa position favorite sur le parquet.

Pendant qu'il lit et qu'Agnès, ayant fini de mettre la pièce en ordre, est passée dans la cuisine, pour préparer le déjeuner — toujours en maugréant, bien entendu, — il nous faut faire plus ample connaissance avec M. Méridien et ses neveux.

Cet honorable savant, malgré qu'il eût atteint sa soixante-cinquième année à la dernière Pentecôte, était resté un homme vigoureux n'ayant perdu ni ses dents, ni ses cheveux; grand, droit, sec, l'œil toujours vif, vous l'eussiez dit chaussé des bottes de sept lieues du héros de la fable, tant il marchait à longues enjambées. Il avait le nez long, ce qui est signe d'esprit, à ce qu'on prétend.

En tout cas on ne pouvait lui refuser une intelligence supérieure, puisque ses livres de géographie, ses études sur les deux hémisphères lui avaient valu une forte renommée. Membre de l'Académie des Sciences, il était officier de la Légion d'honneur et titulaire de nombreux ordres étrangers.

Au demeurant, le meilleur des hommes. Doux jusqu'à la timidité, bienveillant, serviable et, selon l'expression populaire, le cœur sur la main.

Il l'avait bien prouvé, dans deux circonstances graves de son existence. Une première fois, en adoptant une nièce orpheline, vingt-cinq ans auparavant, alors qu'ayant atteint la quarantaine, il n'hésita pas à déranger ses habitudes de déjà vieux garçon, pour assurer le bien-être à cette jeune fille sans fortune, en la recueillant chez lui.

C'est à cette époque qu'Agnès Toupignon, une bretonne du meilleur cru, était entrée à son service, le secondant sans défaillance et faisant oublier par son dévouement les écarts de son langage et le sans-gêne de ses manières.

Ses travaux l'avait mis en rapport avec des explorateurs et c'est ainsi qu'il avait marié sa nièce à un jeune voyageur, dont le nom commençait à se répandre, Jean Primel. Mais le sort ne fut pas favorable aux jeunes époux.

Dès les premières années de leur union, le bien familial de Primel et les quelques économies réalisées par lui disparurent jusqu'au dernier sou dans des spéculations malheureuses. Puis une grippe infectieuse enleva la jeune femme, laissant derrière elle deux petits garçons, Hervé et Bernard.

L'oncle recueillit chez lui le père ruiné et désolé, les enfants sans mère. Il les aima tendrement, secondé par l'excellente et bouillante Agnès qui se donna tout entière aux chers petiots.

Enfin, Jean Primel, poussé par son esprit d'aventure et souffrant de l'inaction, partit pour le Yukon, dans l'Amérique du Nord, résolu à y mener la rude vie de chercheur d'or, afin de refaire sa fortune.

Deux ans s'étaient écoulés depuis son départ. Les premiers mois, régulièrement, il avait donné de ses nouvelles.

Hélas, elles n'étaient pas brillantes. La malechance le poursuivait et ses efforts étaient demeurés infructueux. Aussi, dans sa dernière lettre, il annonçait qu'il avait quitté le Yukon.

En compagnie de quelques hommes de sa trempe, décidés à braver les rigueurs d'un hiver presque permanent, il s'était enfoncé dans les « North West Territories » pour y chasser les bêtes à fourrures et tenter de s'enrichir par ce moyen.

« Mais quelle rude existence ! écrivait-il. « Il ne se passe pas de jour sans que nous « ne soyons en butte aux attaques des « Indiens. Ce sont des démons rusés, vin- « dicatifs qui ne se lassent point de nous « tendre des embûches. Plusieurs de mes « compagnons ont déjà péri.

« L'idée fixe de ces êtres primitifs, c'est « que les bêtes errant dans les forêts et les « plaines de cette contrée leur appartien- « nent exclusivement. Eux seuls ont droit « à leurs dépouilles, eux seuls ont le pri- « vilège de les vendre. Nous sommes des « concurrents qu'ils cherchent à suppri- « mer par tous les moyens.

« Perpétuellement sur le qui-vive, il me « faut faire appel à toute mon énergie, à « la nécessité où je suis de refaire ma for- « tune pour ne pas abandonner la lutte. « Si encore j'étais soutenu par votre pré- « sence à tous, si je vous retrouvais en « revenant de mes expéditions dans l'inté- « rieur des retranchements où nous nous « abritons et où vous, au moins, seriez en « sécurité !

« D'ailleurs, les Indiens ne sont pas nos « seuls ennemis. Il y a quelques jours nous « avons été assaillis par des adversaires « plus redoutables et plus cruels encore, les « Esquimaux ! Descendus de régions situées « plus au Nord, ils s'abattent sur les lieux « où résident les trappeurs et les Indiens, « confondant les uns et les autres dans une « même haine, pour tuer et piller. Nous « sommes parvenus à les mettre en fuite, « mais serons-nous toujours aussi heu- « reux ! »

Il terminait sa lettre en prévenant qu'on serait peut-être longtemps sans recevoir aucune correspondance de lui et en recommandant encore une fois ses chers enfants à l'oncle Méridien s'il lui arrivait malheur.

Recommandation superflue. Le mystère inquiétant qui désormais entourait l'existence de Jean Primel n'avait fait que redoubler l'affection du savant pour ses neveux. En effet, depuis lors, nulle autre missive du père ne leur était parvenue. Souvent on parlait de lui. M. Méridien affectait une confiance qui, en réalité, n'était que superficielle. Il refoulait au fond de son cœur l'inquiétude que lui causait ce silence prolongé.

Quand les deux garçons exprimaient leur étonnement que le facteur n'apportât jamais des lettres de l'absent, il simulait pour son compte une insouciance parfaite.

« Mes pigeons, disait-il (il avait coutume de leur donner ce petit nom de tendresse, dont usait leur maman, naguère, quand

« OH! DISAIT AGNÈS, QUELLE MAGNIFIQUE FLAMBÉE ON FERAIT AVEC TOUS CES BOUQUINS! »

elle les serrait dans ses bras), mes pigeons, ça n'a rien d'étonnant ; vous comprenez bien que dans les immenses solitudes où s'est enfoncé votre père, il n'y a pas de bureaux de poste. Il n'y a pas d'allants et venants qui pourraient se charger de la correspondance. Quand on est hors du monde civilisé, il faut se résigner à une foule de privations et d'incommodités. Mais les forts, les courageux comme votre papa supportent toutes les misères pour atteindre leur but. Le sien, à lui, c'est d'amasser de l'argent pour vous, pour que votre existence soit plus douce que la sienne. Vous lui écrivez deux fois par mois; mais il est bien probable qu'il ne reçoit pas davantage vos lettres que vous ne recevez les siennes... Et il n'est pas entouré d'amis, comme vous. Il est plus à plaindre. Il n'est pas dorloté par une servante incomparable comme notre fidèle Agnès...

— Il ne manquerait plus que ça, interrompait la brave fille, moitié larmoyant, moitié maugréant, quand elle entendait son maître rendre justice à ses réelles qualités... Ah, merci bien! Vivre au milieu des anthropophages !

— Il n'y a pas d'anthropophages dans le nord du Canada, répliquait doucement M. Méridien.

— Qu'est-ce vous en savez, vous n'y êtes jamais allé...

— Vous déraisonnez, Agnès. Je vous répète que si dodue que vous soyez, vous ne seriez nullement exposée à être mise à la broche par un Indien ou un Iroquois. »

Ces plaisanteries de l'oncle faisaient diversion aux sombres pressentiments et cela finissait par des éclats de rire d'Agnès elle-même et des deux enfants.

Mais dans le silence de son cabinet, le soir, quand ils étaient endormis, le savant songeait encore et toujours à Jean Primel. Il échafaudait de vastes projets pour venir à son secours... Oui, songeait-il, s'il se sentait entouré de notre affection, s'il était soutenu par notre présence, comme il le dit lui-même!

Ce qui n'eût été que chimères pour tout autre prenait consistance dans l'esprit de M. Méridien, emporté vers l'inconnu par son inclination naturelle et ses rêves, quand il était au lit, le transportaient là-bas, tout là-bas, au Northland.

CHAPITRE II

La conversation que nous avons racontée au chapitre précédent s'était déroulée uniquement, ce jeudi matin tout ensoleillé, entre deux partenaires : Agnès et le petit Bernard. En voici les raisons :

M. Méridien faisait ce jour-là son cours à l'école des Hautes Etudes Internationales et par conséquent ne se trouvait pas à la maison. Quant à l'aîné des garçons, Hervé, il tenait son emploi de commis, ainsi que tous les autres jours de la semaine, chez Rotondeau et Cie, les grands négociants en fourrures et pelleteries de l'avenue de l'Opéra.

Comme il ne mordait ni au latin, ni à la littérature, mais qu'en revanche la comptabilité l'intéressait et qu'il semblait doué d'aptitudes pour le négoce, l'oncle, après lui avoir fait suivre les cours d'une école communale, l'avait placé, dès ses quatorze ans, chez son ami Rotondeau.

Il était grand pour son âge, solide, bien découplé et alors que son jeune frère tenait de leur maman ses cheveux blonds, son teint frais, ses yeux bleus, lui ressemblait au père, étant brun de peau, avec des yeux noirs et une toison drue, de la même nuance.

L'avenue de l'Opéra n'est pas loin du quai Voltaire. Aussi revenait-il déjeuner au logis et rentrait-il tous les soirs à six heures pour dîner et coucher.

Quant à Bernard, c'est M. Méridien lui-même qui se chargeait de son instruction et naturellement la géographie y tenait une place prépondérante.

Il faut reconnaître que le cher grand oncle était un professeur déplorable, et que, la plupart du temps, il entraînait son neveu hors des sentiers battus de la grammaire sur les chemins les plus lointains des cinq parties du monde.

Le dimanche et les jours de fête, on allait se promener, avec Agnès, qui était de la famille, tantôt aux environs de Paris, dans les bois de Meudon ou de Verrières, tantôt — et le plus souvent — soit au Jardin d'acclimatation, soit au Jardin des plantes, où la vue des animaux exotiques ne faisait qu'aviver encore le goût des enfants pour les pays d'outre-mer.

M. Méridien, droit comme un jeune homme dans un complet marron, coiffé d'un feutre aux larges bords, marchait, en écartant à près d'un mètre le compas de ses longues jambes, flanqué d'Hervé et de Bernard, pendus à chacun de ses bras.

Derrière eux trottinait la grosse bretonne, soufflant et pestant, pour n'en pas perdre l'habitude.

« C'est-y permis d'aller un train pareil... Il va comme un lapin mécanique qui a un remontoir dans le ventre... Je n'en peux plus. » Aussi, le soir, en rentrant au logis, était-elle harassée et de fort mauvaise composition.

C'eût été trop simple de revenir immédiatement à son rôle ordinaire, et elle simulait un malaise.

M. Méridien, plein de sollicitude, la faisait s'étendre sur le divan de son cabinet, pendant que Bernard préparait un verre d'eau sucrée, copieusement arrosée de rhum.

« Ne vous préoccupez pas du souper », disait-il. A nous tous, nous allons bien nous en tirer... Vous avez besoin d'un peu de calme... tâchez de dormir. »

Elle fermait les yeux, pour la frime, car à travers les fentes de ses paupières mi-closes, elle surveillait les allées et venues de ces êtres qui lui étaient si chers, qui l'aimaient bien, et lui prouvaient tant d'affection.

Toutefois, elle aurait cru contraire à sa dignité de reprendre son service purement et simplement comme si de rien n'était.

M. Méridien, membre de l'Institut, officier de la Légion d'honneur, mais qui était la simplicité même et se pliait aux circonstances, ceignait un tablier d'Agnès pardessus son complet marron. — Il avait horreur de taches — et se mettait à peler les oignons.

Il restait la moitié du rôti de bœuf qu'on avait mangé le matin et Hervé, qui était débrouillard, le fricasserait dans la poële avec les oignons que pelait M. Méridien.

En attendant, il confectionnait une soupe au Liebig, qui chantonnait déjà sur le fourneau à gaz.

Bernard, lui, mettait le couvert, et l'ayant mis, demandait la permission au tonton, qui la lui accordait sans hésitation d'aller chercher à la cave une bouteille de vin vieux « pour remonter Nénette ».

Quand tout était prêt, il embrassait sa bonne qui faisait mine de se réveiller comme elle avait fait mine de dormir.

Puis prenant les façons d'un maître d'hôtel stylé, il lui disait : « Madame est servie ».

Comment résister à tant de gentillesse! Agnès, qui en grillait d'envie, reprenait sa bonne humeur. Le naturel revenait au galop. Attirant l'enfant sur sa large poitrine, elle le serrait tendrement dans ses bras : « Tu es trop mignon... Je ne suis plus fâchée... »

Et ma foi, elle allait se jeter au cou de son maître et appliquait des baisers sonores sur les deux joues d'Hervé.

On ne faisait point de façons chez M. Méridien et tout se passait à la bonne franquette. Agnès n'était point une domestique. On la considérait comme une parente et il arrivait souvent qu'elle s'asseyait à table, dans la salle à manger.

Après le souper, on attaquait une partie de jeu d'oie... de l'invention de M. Méridien. Un jeu d'oie géographique naturellement, où les figures ordinaires étaient remplacées par des montagnes ou des fleuves ou des pays.

Si le nombre de points amenés par les dés vous conduisait dans le Rio Negro, il fallait reculer de dix cases; si l'on tombait sur le Gaurisankar on devait y rester jusqu'à ce qu'un autre joueur vous y remplaçât et tout était à recommencer, quand la malechance vous poussait au Kamtchatka.

Divertissement fort instructif à n'en pas douter, mais Agnès qui n'avait nul souci de s'instruire, ne cessait point de maugréer et déclarait que tous ces noms rébarbatifs lui cassaient la tête. Elle préférait de beaucoup le jeu d'oie ordinaire, qu'elle avait appris dans sa première place à Quimper-Corentin, pour amuser la petite fille de sa patronne, Mme Tigloanec.

L'existence de M. Méridien et de ses proches eût été aussi heureuse qu'elle pouvait l'être si l'inquiétude causée par l'ignorance du sort de Jean Primel ne l'eût assombrie parfois.

Les occupations sont encore les meilleurs remèdes aux soucis et les séances de l'Institut, les cours aux Hautes Etudes Internationales, les réunions du Comité de Direction de la Société de Géographie dont il était vice-président, ses propres travaux enfin, empêchaient le savant de trop s'abandonner à ses craintes.

Celles d'Agnès étaient contrebalancées par les soins du ménage, ses altercations quotidiennes avec la mère Michel, la concierge, et l'attention qu'elle apportait à foudroyer l'épicier Mélasse de regards flamboyants toutes les fois qu'elle passait devant sa boutique.

Bernard était à l'âge où les larmes sont vite séchées. Quant à Hervé le trantran habituel de son existence journalière chez Rotondeau et Cie ne lui laissait guère le temps de songer à autre chose.

En outre, les distractions ne lui manquaient pas, car du soir au matin, les clients affluaient dans les magasins des fourreurs et de luxueuses automobiles à chaque heure du jour s'alignaient devant leurs vitrines.

Il en descendait des dames élégantes que l'hiver y ramenait quand le froid les incitait à se vêtir chaudement et qui, l'été, s'y rendaient pour y profiter de soi-disant occasions ou être les premières à choisir les modèles nouveaux de la saison prochaine.

Intelligent, plein de prévenances et naturellement de manières distinguées, Hervé avait été attaché au premier vendeur, afin d'y apprendre plus vite et plus sûrement le métier. N'était-il pas le petit neveu du savant M. Méridien, ami de Rotondeau aîné, chef de la maison, qui avait pour lui une estime sans égale et était son collègue au bureau de la Société de Géographie ?

Son rôle consistait à se tenir en permanence dans les magasins et à se porter au-devant des acheteurs et des acheteuses, dès qu'ils avaient franchi le seuil, pour s'informer de leurs désirs et se mettre à leur disposition. Il s'en acquittait à merveille.

Or, un matin, se présenta chez Rotondeau et Cie, un personnage extraordinaire, comme Hervé n'en avait jamais vu.

Au point que lui, d'une prévenance si prompte à l'ordinaire, demeura quelques secondes cloué sur place, immobilisé par l'étonnement.

L'homme qui venait d'entrer portait une coiffure de hautes plumes rouges et vertes, qui retombaient en panache, le long de son dos jusqu'à mi-jambes. Il était vêtu d'une cotte de cuir et d'un pantalon, large du bas. Tout son costume était également bordé de plumes.

Son visage de brique, ses yeux bridés, ses pommettes saillantes, son nez busqué, ses cheveux noirs, épais et rudes, décelaient la race à laquelle il appartenait.

C'était à ne pas s'y méprendre un Indien Peau Rouge.

Il était grand, tenait le front haut et il y avait une sorte de solennité dans tout son être.

Lui aussi s'était arrêté un instant avant de pénétrer plus avant dans l'intérieur du magasin.

Hervé croyait voir un héros des romans de Fenimore Cooper qu'il avait lus et relus et l'on comprenait qu'il en restât médusé.

En un tour de pensée, il réfléchit que pour engager la conversation avec cet étranger, c'était l'occasion ou jamais de se servir de quelques notions d'anglais qu'il avait acquises à l'Ecole Commerciale. L'Indien, dont le pays d'origine faisait nécessairement partie du territoire des Etats-Unis d'Amérique ou du Dominion du Canada devait connaître cette langue.

C'est pourquoi il se décida à s'avancer vers lui et de l'air le plus affable du monde lui dit :

« *Good morning, Sir.* »

Mais l'autre esquissa un sourire et reprit aussitôt :

« Je parle français, mon ami. J'ai vécu dans ma jeunesse à Montréal où l'on s'exprime comme à Paris. »

Hervé aimait autant cela, car il ne possédait que fort imparfaitement l'idiome de John Bull.

« Qu'y a-t-il pour votre service, Monsieur ? fit-il en s'inclinant.

— Je voudrais voir M. Rotondeau aîné. Est-il ici ?

— Je pense que oui. Si vous voulez bien prendre la peine de me suivre, je vais vous conduire à son cabinet. »

Sous les regards curieux de tout le personnel de la maison et des quelques clients qui s'y trouvaient à cette heure matinale, le Peau Rouge monta au premier étage, précédé par Hervé, auquel ses fonctions n'avaient jamais paru si agréables à remplir.

« Qui dois-je annoncer ? demanda-t-il quand ils furent arrivés à la porte du cabinet directorial.

— Wabingi, chef de la tribu des Athapascans.

— Plaît-il ?

— Wabingi », répéta l'Indien, en prenant une attitude plus noble que jamais.

Le jeune garçon se crut transporté dans les prairies du Far-West. Et c'est également plein d'importance qu'étant entré chez M. Rotondeau, après avoir prié le visiteur de l'attendre, il dit :

« Monsieur le Directeur peut-il recevoir le chef de la tribu des Athapascans.

— Qu'est-ce que tu racontes ?

— Oui, il y a là un Indien, avec une couronne de plumes sur la tête, un vrai Indien, comme on les représente sur les images, et qui m'a prié de vous transmettre ce nom-là.

— Ah bon, reprit M. Rotondeau, paraissant moins interloqué que ne s'y attendait son commis, je vois ce que c'est... Un marchand de fourrures qui vient me proposer une affaire... Fais-le rentrer et retourne en bas, à ton poste. »

Il eût de beaucoup préféré rester. Ce citoyen du Nouveau Monde le fascinait absolument et pour lui, neveu de M. Méridien, saturé de récits d'outre-mer, c'était une vraie joie d'approcher un homme qui venait de si lointaines contrées.

Au lieu de se laisser choir mollement dans le fauteuil que lui avança le négociant en pelleteries, l'Indien s'assit par terre, les jambes en croix. Mais, pour corriger sans doute l'impression de cette posture exotique par un geste de civilisé, il sortit de sa poche un étui à cigarettes en argent, qu'il tendit à Rotondeau, lequel en prit une et la conversation commença dans des spirales de fumée.

« Monsieur, lui demanda-t-il, c'est bien au chef de la tribu des Athapascans que j'ai l'honneur de parler ; mon employé ne s'est pas trompé.

— Nullement. Mais mon titre est un peu long à prononcer. Si vous le voulez bien, vous m'appellerez tout simplement, Wabingi.

— En effet, ce sera plus simple... Alors, monsieur Wabingi, à quoi dois-je l'honneur de votre visite ? »

L'Indien leva les bras et, l'index des deux mains tendu vers le plafond, gravement, prononça ces paroles sentencieuses :

« La renommée a les jarrets du caribou qui dévore l'espace. La vôtre, Monsieur, a pénétré jusqu'à nous !

— Vous m'en voyez excessivement flatté. Permettez-moi, toutefois, de vous prier d'user le moins possible de paraboles. Cela ralentit énormément le dialogue et, à Paris, nous sommes toujours excessivement pressés. Sans vous commander, je vous serais reconnaissant de me faire part en quelques mots du but de votre visite.

— Vous n'ignorez pas que nous sommes des chasseurs adroits.

— Et vous venez me proposer d'acheter un lot de fourrures ?

— Précisément. Un lot magnifique...

— Je n'en doute pas. Il est composé ?...

— De peaux de martres, blaireaux, skunks, hermines, visons, rats musqués, petits-gris, renards gris et bleus, ours blancs et noirs.

— Je suis acheteur, si la marchandise est d'une qualité qui me convienne, après examen.

— C'est juste. La lune a des taches qu'on n'aperçoit qu'après l'avoir fixée quelque temps. »

M. Rotondeau, redoutant un défilé de paraboles, appuya le pied sur le bouton d'une sonnerie électrique placée sous la table.

Hervé parut.

« Est-ce que je n'ai pas un rendez-vous à dix heures et demie ? lui demanda-t-il.

— Oui, Monsieur le Directeur.

— Diable, fit-il, en consultant sa montre, il est dix heures vingt-cinq. »

C'était une manière polie de dire à l'Indien de s'en aller.

C'est pourquoi il décroisa ses jambes, se leva et remit sur sa tête la coiffure de plumes qu'il venait d'ôter. Ce geste, qui indiquait l'intention de s'attarder dans la place, avait aussi inquiété M. Rotondeau.

Il fut décidé qu'il reviendrait le lendemain, avec ses colis.

Tandis que le directeur le reconduisait jusqu'à la sortie, Wabingi lui posa quelques questions, d'un air dégagé en apparence, mais la manière attentive dont il écoutait les réponses laissait supposer qu'il y attachait de l'importance.

« Vous avez un nombreux personnel, n'est-ce pas ?

— Assez nombreux.

— Vos employés sont surtout de tout jeunes gens.

— Au contraire... La plupart de ceux qui sont ici y étaient déjà du temps de mon père...

— Ah ! je croyais... en me basant sur l'âge de ce garçon. »

Et il désigna Hervé qui marchait devant eux.

« C'est le seul de son espèce... Je l'ai pris à cause de son oncle, un de mes bons amis.

— Il a l'air serviable et intelligent.

— Il l'est on ne peut plus.

— Et fort honnête, je suppose.

— Cela va sans dire. Mais pourquoi me demandez-vous tous ces renseignements ?

— Je veux profiter de mon séjour à Paris pour faire de nombreux achats. Or, je suis souvent absent de mon hôtel et, la plupart du temps, les livreurs ne m'y trouveraient pas pour régler les factures. Verriez-vous un inconvénient à ce que je donne votre adresse pour qu'on livrât chez vous mes commandes ?

— Nullement.

— Dans ce cas, je prierais votre jeune commis de les recevoir, et je lui laisserais une provision pour payer. C'est à son nom que, d'avance, on libellerait les reçus.

— Soit.

— Comment s'appelle-t-il ?

— Hervé Primel. »

L'Indien répéta plusieurs fois « Hervé Primel... Hervé Primel » comme pour bien graver le nom dans sa mémoire et une lueur furtive de satisfaction passa dans ses yeux, une expression de contentement hors de proportion avec le service rendu.

Pourquoi ? Quelle pouvait donc en être la vraie cause ?

Après avoir pris congé de M. Rotondeau, il s'attarda quelques instants avec Hervé sous le prétexte de lui donner des instructions.

Mais il les entremêla de protestations d'amitié très vives.

« Tu me plais beaucoup, mon garçon, lui dit-il. Ne t'étonne pas si je te tutoie. Chez nous, c'est l'usage envers ceux avec lesquels on sympathise. »

Il lui tendit une liasse de billets de banque.

« Voici, en outre, ajouta-t-il, un petit souvenir pour commencer. »

Et il remit à Hervé une longue pipe d'ivoire, curieusement sculptée.

« C'est un calumet. Quand le Conseil de la tribu s'assemble pour délibérer, chacun de ses membres en tire successivement quelques bouffées. Nous croyons que, dans leur transparence, réside l'inspiration du Grand Esprit. Pour un Parisien, l'objet est curieux et rare. Ce sera le commencement d'une collection de bibelots. Au revoir... Je compte sur toi. »

Il s'éloigna, le front haut, la démarche fière, tandis que les plumes de son chef oscillaient au-dessus de la foule intriguée par la rencontre de ce passant singulier.

Nulle connaissance ne pouvait être plus agréable à Hervé. Il était l'ami d'un chef Peau-Rouge, et il avait dans sa poche un calumet, un calumet authentique !

Quand midi sonna, il fila comme un zèbre. Jamais il ne s'était senti aussi leste en regagnant le quai Voltaire pour déjeuner.

Il escalada quatre à quatre les trois étages de l'escalier et, au lieu de sonner deux coups, ainsi qu'il en avait l'habitude, il pressa la sonnerie cinq ou six fois de suite et entra en coup de vent, bousculant son frère qui était venu lui ouvrir.

M. Méridien, plongé dans la confection d'une carte, ne l'entendit pas entrer dans son cabinet. Hervé lui sauta sur le dos si vivement que le choc fit dévier sa plume qui courut tout de travers sur le papier.

Mais le brave homme ne se fâchait jamais.

« Tu as des manières un peu brusques, mon cher enfant, se borna-t-il à dire. Regarde, tu m'as fait faire un faux trait.

— Pardonnez-moi, Tonton, reprit Hervé, sans être trop marri de son étourderie, sachant bien que la réprimande se bornerait là, ne m'en veuillez pas trop, je suis si content...

— Et peut-on savoir pourquoi ?

— Je suis l'ami d'un chef Peau Rouge... Bien mieux, je suis son homme d'affaires. »

Du coup, le savant oublia complètement la carte qu'il était en train de calligraphier et, se retournant, les yeux dans les yeux du jeune garçon :

« Si je n'étais pas sûr que tu respectes ton vieil oncle, je croirais que tu te moques de moi. »

Bernard, qui avait assisté à la scène, étant entré derrière son aîné, s'écria :

« Hervé est d'humeur de rire. C'est une farce.

— Et ça, fit ce dernier, est-ce une farce ? »

M. Méridien, voyant entre les mains de son neveu le calumet qu'il venait d'extraire de son veston, répondit tout bonnement :

« Ça, c'est une pipe. »

Si documenté qu'il fût sur les usages et les mœurs de tous les peuples, le membre de l'Institut ne pouvait connaître la forme et le décor de chacun des moindres objets à leur usage.

Hervé lui expliqua donc ce qu'était cette pipe et dans quelles circonstances il l'avait reçue.

Tout en faisant honneur aux andouillettes et au macaroni qui composaient le menu de ce jour-là, le jeune commis de Rotondeau et Cie ne tarit pas sur le compte du grand chef Wabingi.

Ce fut pour l'oncle une occasion superbe de faire un cours à ses neveux sur la race indienne et de leur inculquer des notions plus véridiques que celles qu'ils avaient puisées dans les romans.

« De nos jours, leur dit-il, ils ne dansent plus de rondes échevelées autour de leurs prisonniers avant de les scalper et de les faire périr dans d'effroyables supplices. Au contact de nos pères, colons de la Nouvelle France, puis des Anglais et des Américains, ils ont perdu leurs habitudes de cruauté.

« A vrai dire, si la civilisation a banni leurs coutumes sauvages, elle a, d'autre part, introduit chez eux l'usage de l'alcool. Ils en meurent peu à peu, et leurs tribus, jadis nombreuses et saines, sont décimées par ce terrible poison.

« On ne les rencontre plus sur le sentier de la guerre armés de tomawaks et lançant des flèches empoisonnées.

« Cela ne veut point dire qu'ils aient dépouillé toute humeur belliqueuse. Nous ne le savons que trop par la lettre de votre cher papa. Ils n'accueillent pas toujours pacifiquement les étrangers qui pénètrent dans leurs cantons pour s'y livrer à la chasse, avec l'autorisation du Gouvernement britannique. Et ce n'est pas avec les armes primitives d'autrefois. Le temps n'est peut-être pas éloigné où ils emploieront des mitrailleuses ! »

Ils interrompaient leurs propos sur Wabingi chaque fois que, pour les servir, Agnès entrait dans la salle à manger.

« Il vaut mieux, Hervé, avait déclaré M. Méridien, que la brave fille ne connaisse pas tes relations avec ce Wabingi. Elle se méfie un peu de tout un chacun... Vous l'entendez vous dire : « A Paris, mes petiots, il y a du monde si pernicieux ! » Quelles jérémiades si elle apprenait que tu es devenu l'ami d'un Indien !... Pensez-vous, un Peau Rouge ! Un sauvage ! Ah ! nous en entendrions de belles !

« Moi, j'imagine, au contraire, que sa fréquentation pourra nous être utile. D'après ce que tu me dis, il vient du Northland. C'est de ce côté que s'est dirigé votre père. Je sais bien que ce sont d'immenses étendues, auprès desquelles la carte de France a l'air d'un mouchoir de poche, et il y a quatre-vingt-dix-neuf chances sur cent pour qu'il n'en ait jamais entendu parler. Mais qui sait ! Les hasards sont grands !...

« Dans tous les cas, il pourra nous tuyauter — si mes confrères qui sont de l'Académie française m'entendaient ! Enfin, c'est un mot qui s'emploie beaucoup aujourd'hui — il pourra nous renseigner, veux-je dire, sur les territoires de chasse vers lesquels on s'oriente de préférence.

« Tu me dis, Hervé, qu'il a été très

aimable pour toi et que tu crois avoir fait sa conquête. Cultive-le, mon enfant, fais-le causer, et quand tu seras plus lié avec lui, engage-le à venir me voir. Je serais bien aise de l'entretenir de ton père et puis, pour un géographe impénitent comme moi, c'est une aubaine de recueillir des indications *de visu* sur des pays qu'on ne connaît que par les livres. »

La conversation eût duré plus longtemps, et Hervé aurait laissé passer l'heure de la rentrée au magasin, si Agnès ne l'avait interrompue.

Aussi peu stylée qu'elle était dévouée, et familière avec M. Méridien jusqu'à l'exagération, elle apparut à la porte de la cuisine :

« Dites donc, not'maître, vous ne craignez pas d'vous dessécher la langue, depuis le temps que je vous entends ronronner... Vous n'avez pas encore bu votre café. Il est froid, je parie. C'est pas la peine que je prenne soin de vous le fignoler... Et à quelle heure que je vais avoir fini ma vaisselle ! Faites-moi donc le plaisir de passer dans votre cabinet, et n'oubliez pas que, dans dix minutes, il faut qu'Hervé s'en aille au magasin. Je ne sais pas quand vous aurez l'âge de raison.

— Jamais, ma bonne fille, reprit M. Méridien en souriant... Heureusement que vous êtes là... Tenez, je vous obéis. »

Il vida sa tasse d'un trait. Les enfants plièrent leur serviette et quittèrent la table.

« Voulez-vous me faire grand plaisir ? fit Hervé.

— Toujours, mon garçon.

— Ce serait de me donner un peu de tabac pour que je fume dans la pipe du Peau Rouge.

— Oh ! oh !... je te permets des cigarettes, je t'en offre même, parce que je suis un oncle gâteau, mais la pipe !

— Je voudrais sentir descendre en moi l'inspiration du Grand Esprit.

— Prends garde que cela ne te cause une sensation moins agréable... Enfin, puisque tu en as envie. »

Un instant après, Hervé, creusant ses joues, tirait vigoureusement du calumet de larges bouffées qu'il expulsait ensuite, avec non moins de vigueur, la bouche arrondie.

Son frère le contemplait avec admiration...

« Tu serais gentil de me laisser y goûter, fit-il. Tonton a le nez dans ses bouquins. »

Or, la fatalité permit qu'Agnès survînt juste au moment où — l'aîné n'ayant pas su résister à la fantaisie de son cadet — celui-ci était en train d'aspirer fortement sur le tuyau.

« Petit malheureux, s'exclama-t-elle... Veux-tu bien finir, c'est de la poison ! »

Et elle se précipita sur le corps du délit.

Mais Hervé fut plus leste et escamota rapidement la pipe avant qu'elle n'ait pu l'atteindre... Puis, en se sauvant, il cria :

« Avec tes manières brusques, Agnès, tu t'exposais à casser mon calumet. »

Il était déjà loin qu'elle grognait encore :

« Son calumet ! son calumet ! Qu'est-ce que c'est qu'ça ? Ah ! ils en ont de drôles d'épithètes, au jour d'aujourd'hui... Un calumet !

« Ça ne fait rien, faut-y qu'il soit dévergondé, ce brigand-là, pour fourrer de quoi comme ça entre les lèvres d'un enfant ! C'est capable de le rendre malade. Viens, mon chéri, dit-elle à Bernard, que je te donne un verre d'eau sucrée avec de la fleur d'oranger... Ça va te remettre d'aplomb. »

CHAPITRE III

Le lendemain, dans la salle de réception des marchandises de la maison Rotondeau, l'Indien Wabingi venait d'étaler sur une table, sous les yeux du directeur, du sous-directeur et de l'expert, réunis en commission d'examen, quatre peaux de renard bleu.

C'étaient de magnifiques pièces, mais c'est aussi la règle, en matière commerciale, que l'acheteur ne manifeste jamais son enthousiasme.

« Comment les trouvez-vous, Mongotin ? demanda M. Rotondeau à l'expert.

— Pas trop mal.

— Et vous, Pipriac ? dit-il en se tournant vers le sous-directeur.

— J'en ai vu de plus belles... Mais bien travaillées, on en pourra tirer parti. »

L'Indien les écoutait sans rien dire... Ils continuèrent à les palper, réservés dans leurs appréciations. Mais lui devinait bien, à la manière dont leurs mains s'attardaient dans l'épaisseur du poil, qu'ils les trouvaient à leur goût. Et, comme eux, il rusa.

« Si elles ne vous plaisent pas, dit-il, je les remporte. Je sais où les vendre... On m'a fait des offres avantageuses... Mais j'avais pensé que des fourrures pareilles ne devaient pas échapper à la première firme d'Europe..»

Bref, après avoir bien marchandé, bien discuté, on se mit d'accord. Le marché fut conclu.

Un mois durant, chaque matin, l'Indien apportait des pelleteries variées, toujours par petits lots, faisant traîner les négociations en longueur.

M. Rotondeau, qu'agaçait cette manière lente de traiter, à plusieurs reprises l'avait pressé de lui soumettre tout son stock en une ou deux fois.

« Je ne comprends pas, lui dit-il, pourquoi vous procédez par petits paquets. Vous augmentez inutilement la durée de votre séjour à Paris, par conséquent vos frais. »

Il avait répondu :

« On ne reste jamais trop longtemps dans votre superbe capitale quand on en a les moyens. Or, je les ai. En outre, je suis un homme habitué au grand air, un chasseur. Vous discutez, vous marchandez longtemps. Au bout d'une heure, j'en ai assez. J'étouffe, enfermé dans votre bureau. Négocier longuement me casse la tête. C'est pourquoi je préfère avaler la drogue par petites gorgées.

« De plus, cela me donne le loisir de visiter en détail la plus belle ville du monde. »

A ce propos, il avait demandé à M. Rotondeau de lui prêter Hervé, de temps à autre, pour le guider dans Paris.

La requête fut agréée immédiatement.

N'était-ce pas un moyen de l'empêcher de se rendre dans des maisons rivales et d'être au courant de ses faits et gestes ?

Ces promenades côte à côte avaient encore augmenté son affection pour le jeune garçon et l'admiration de celui-ci pour un compagnon aussi majestueux, emplumé de la tête aux pieds et qui ne pouvait passer inaperçu.

Un peu de l'attention des badauds rejaillissait sur lui quand ils étaient assis ensemble, par exemple, à la terrasse d'un café du boulevard, et comment voulez-vous que son amour-propre ne fût pas très flatté, lorsqu'un consommateur s'approchait de lui et lui glissait dans le creux de l'oreille : « Quel est ce magnifique Indien ? » et qu'il répondait : « Mon excellent ami, le grand chef de la tribu des Athapascans » ?

Cet excellent ami, en effet, méritait d'être ainsi qualifié. Il ne négligeait rien pour gagner la confiance d'Hervé, lui offrant de fins goûters et le comblant de cadeaux.

Il lui décrivait le Northland en termes enthousiastes et les joies incomparables des voyages en traîneau sur la neige, la beauté des aurores boréales sur l'horizon des paysages tout blancs, le charme d'une vie imprévue qui vous fortifiait, les joies de traquer les bêtes et de les abattre, sport passionnant et, par surcroît, fructueux. A ce métier on gagnait beaucoup d'argent.

Mais toute médaille a son revers, et quelques incidents désagréables avaient marqué leurs promenades en commun ou les distractions qu'ils prenaient ensemble.

Une fois qu'ils étaient montés au troisième étage de la Tour Eiffel, Wabingi s'était senti indisposé. Cet habitant des plaines avait eu le vertige !!!

Hervé eut la corvée de le traîner dans ses bras, car il était lourd, jusqu'à l'ascenseur. Arrivé en bas, on l'avait étendu de tout son long sur le sol, et ce ne fut qu'à force de lui taper dans les mains, de lui souffler dans le nez et de lui fourrer dans la bouche des morceaux de sucre imbibés d'éther, qu'on parvint à éviter une syncope complète.

Une autre fois, il avait payé le théâtre à Hervé, une féerie à grand spectacle au Châtelet.

Ils étaient à peine installés au premier rang des fauteuils d'orchestre que des protestations s'étaient élevées derrière eux...

« Chapeau... Plumet, chapeau ! »

Hervé, comprenant ce dont il s'agissait, à savoir que la coiffure de l'Indien, avec son échafaudage, gênait les spectateurs des autres rangs, l'avait engagé à l'enlever.

Mais l'Indien ne voulut pas y consentir.

« C'est l'insigne de ma dignité, répétait-il. Jamais, chez nous, un chef ne se découvre en public. »

Alors le vacarme était devenu formidable.

On hurlait, sur l'air des lampions, en tapant des pieds : « Le plumet !... Le plumet !... Le plumet !... »

Wabingi demeurait irréductible, malgré les supplications de son jeune compagnon qui sentait que cela tournait mal et qui aurait bien voulu être ailleurs.

Immédiatement dans leurs dos, quelques messieurs plus excités devinrent menaçants.

WABINGI SE DRESSA DE TOUTE SA HAUTEUR ; LES PLUMES RABATTUES SUR LA FACE

« A la porte, le sauvage ! Enlevez-le ! »

Wabingi ne bronchait pas.

Comme la tempête soufflait de plus belle, deux gardes municipaux surgirent des couloirs et vinrent le prier de sortir.

Wabingi ne voulut rien entendre...

Alors les gardes, aidés par les voisins exaspérés, arrachèrent l'Indien de son fauteuil.

Il se débattit comme un diable. Cependant, force resta à l'autorité et, quelques instants après, il se trouva transporté, écumant de colère et agité de soubresauts, mais solidement maintenu par des poings vigoureux, devant le commissaire de service.

Ce magistrat eut beaucoup de peine à lui faire admettre qu'à Paris, un couvre-chef volumineux, fût-il le symbole du commandement, n'était pas toléré au théâtre. S'il persistait à vouloir en orner son front, il n'avait qu'un parti à prendre, c'était de s'en aller. Sinon, il irait réfléchir au poste, jusqu'à complète soumission à nos usages.

Cette perspective eut raison de son entêtement, mais il ne rentra pas dans la salle et sortit dignement du théâtre, suivi d'Hervé, fort contrit de renoncer au plaisir qu'il s'était promis.

Ces contrariétés passagères n'empêchaient pas le jeune garçon d'apprécier de plus en plus les bons procédés de l'Indien à son endroit.

« Comme je voudrais, lui dit-il un jour, connaître le beau pays blanc où vous vivez !... Ce doit être passionnant, la vie de trappeur ?

— Rien n'empêche que ce ne soit la tienne aussi, si tu en as le désir. Je repartirai bientôt. Tu n'as qu'un mot à dire, et je t'emmène.

— C'est un voyage qui coûte cher.

— Je t'avancerai le prix de ta place. Tu me la rembourseras plus tard, sur le produit de tes chasses.

— Mon oncle ne voudrait pas. Et puis, ça me ferait de la peine de le quitter. Il est si bon... Et mon petit frère Bernard, que j'aime tant, et Agnès, notre bonne, qui se lamente quand elle est une demi-journée sans me voir ! Elle aurait bien du chagrin.

— S'il fallait toujours rester pendus aux jupons des nourrices, on ne tenterait jamais rien de bon, rien de grand. A l'âge de ton frère, on se console promptement. Je lui donnerai un cheval mécanique, et il t'oubliera vite en roulant dessus.

« Quant à ton oncle, c'est un homme que n'effraie point l'esprit d'entreprise, la passion du nouveau. D'après ce que je sais de lui par toi-même, il s'enthousiasme pour ces hardis pionniers que tourmente la fièvre du voyage. Je suis sûr que si je pouvais causer avec lui, j'obtiendrais son consentement.

— Je lui ai bien souvent parlé de vous, et il a envie de vous connaître.

— Que le Grand Esprit soit loué ! Si j'avais su cela, il y a longtemps que je lui aurais rendu visite.

— Je ne vous en ai pas parlé, craignant de vous déranger.

— Et moi, je n'ai pas osé. Peste ! un membre de l'Institut de France, c'est impressionnant pour un Iroquois comme moi.

— Ah ! l'excellent tonton n'est pas intimidant. Tout rond, tout simple, il vous fera bon accueil, monsieur Wabingi.

— A quelle heure a-t-on le plus de chance de le rencontrer ?

— Après le déjeuner.

— J'irai dès aujourd'hui. »

Tout joyeux à la pensée que son cher oncle et son grand ami allaient faire connaissance, il était rentré au logis plein d'allégresse, et ses premières paroles avaient été pour annoncer la bonne nouvelle à M. Méridien.

« J'en suis enchanté aussi, avait déclaré le savant. On n'a pas l'occasion de se rencontrer tous les jours avec un chef Peau Rouge. Je pourrai l'étudier à loisir, et de tout ce qu'il m'apprendra, je ferai sans doute un article pour le *Globe-Trotter*.

« Par ailleurs, j'en tirerai des renseignements précieux sur l'existence que mène ton papa, et peut-être nous dira-t-il où et comment adresser nos lettres pour qu'elles aient plus de chance de lui parvenir.

« Je vous conseille, mes enfants, ajouta-t-il, en s'adressant aussi à Bernard, qui était présent, de ne pas dire à Agnès que le chef indien doit venir nous visiter. Elle ne cesse d'exhaler sa bile quand nous en parlons et s'indigne qu'un honorable commerçant tel que M. Rotondeau t'ait mis, toi, Hervé, entre les pattes d'un païen de cet acabit.

« Nous en entendrions de toutes les sortes avant sa venue. Ce sera bien assez d'endurer ses litanies quand il sera parti.

« C'est bien convenu, n'est-ce pas ? »

Ainsi fut fait.

M. Méridien se borna à prévenir la servante de les faire déjeuner un peu plus tôt qu'à l'ordinaire parce qu'il attendait une visite.

Pendant le repas, Bernard tint bouche close de peur de trahir le secret, et il dut se tenir à quatre pour ne pas rire en entendant Agnès répéter à plusieurs reprises :

« Es-tu malade, mon mignon ? Tu es bien silencieux, toi qui, d'habitude, jacasses comme une pie. »

Ils achevaient le dessert quand le timbre de la porte retentit.

Ce fut le prélude d'une scène comico-dramatique que nous allons raconter.

Les dernières vibrations de la sonnerie venaient à peine de s'éteindre qu'une clameur stridente troubla le silence.

C'était Agnès qui, ayant ouvert la porte et s'étant trouvée en présence d'un être bizarre, aux yeux perçants, à la peau couleur d'un masque de carnaval et pareil à un immense perroquet, c'était la pauvre Agnès qui, prise d'une terreur folle, lançait à travers l'espace des appels désespérés :

« Au secours ! A l'assassin ! »

Surpris de cette réception bruyante — on l'eût été à moins — le Peau Rouge essaya de la calmer.

« On m'attend ; laissez-moi passer. »

Mais en hurlant plus fort, poussée par l'idée spontanée de défendre ses maîtres contre ce brigand qui, certainement, en voulait à leur vie, elle étendit ses bras en travers de l'entrée.

Wabingi, pour qu'elle lui livrât passage, la repoussa doucement, ou, du moins, il le crut... mais une simple chiquenaude d'un gaillard des steppes de l'Amérique du Nord équivaut à un bon coup de poing d'un habitant des bords de la Seine.

Agnès tomba à la renverse, vociférant toujours :

« A l'aide !... On me tue ! »

Puis elle se releva prestement, se retourna et s'enfuit.

Essayant encore de parlementer, l'Indien la rattrapa par son cotillon.

Ses forces, sous l'empire de la terreur, étaient décuplées.

Elle l'entraîna.

Tout cela s'était passé en quelques secondes.

M. Méridien, Bernard et Hervé venaient à peine de se dresser de leurs chaises, alertés par le vacarme, qu'un double bolide, l'un tirant l'autre, firent irruption dans la salle à manger.

Cela tourna autour de la table, vertigineusement, comme une image dans un kaléidoscope, virant à toute vitesse. On eût dit une boule noire, flanquée d'un arc-en-ciel, animée d'une extraordinaire puissance rotative.

Et la nappe, entraînée dans le tourbillon, suivit le mouvement, tandis que les cris : « Au secours ! Au secours ! » retentissaient toujours, mêlés à des bruits d'assiettes cassées, de verres en éclats.

Puis la boule disparut sous la table, et l'arc-en-ciel, qui n'était autre que Wabingi, se dressa de toute sa hauteur, essoufflé, dépenaillé, les plumes rabattues sur la face, comme un coq après la bataille.

Instantanément, sa figure reprit son calme, et il murmura : « C'est une forte squaw ! » (le nom que les Indiens donnent aux femmes.).

Bernard, collé dans un angle de la pièce, ne savait trop s'il devait rire ou pleurer. Hervé s'était garé derrière un fauteuil, les traits empreints d'une incommensurable stupéfaction, et M. Méridien, voyant bien de quoi il retournait, s'apprêtait à présenter ses excuses à l'hôte si mal reçu, lorsque, de l'antichambre, parvint un nouveau tumulte de voix que dominait l'organe aigre de la concierge, la mère Michel.

« Ah ! mon doux Jésus ! Un crime dans une maison si tranquille... Par ici, messieurs... Y n'sont peut-être pas tous massacrés, arrêtez-le, le gredin ! »

Et, aussitôt, à la porte de la salle à manger, se montrèrent la face de nèfle ridée de la mère Michel et les moustaches des deux gardiens de la paix, leurs revolvers au poing, qui mirent en joue Wabingi en lui criant : « Haut les mains ! »

Ce fut le membre de l'Institut qui leva les siennes et s'élança au-devant des agents pour éviter l'effusion du sang.

« Il y a erreur, mes bons amis, il y a erreur. Monsieur est un honnête homme de mes amis, que ma bonne a eu le tort de prendre pour un malfaiteur... Je vous fais mes excuses pour le dérangement... Je comprends très bien que Mme Michel se soit alarmée quand elle a entendu crier au secours.

— Dame, continua celle-ci, j'aurais pas fait mon devoir si j'avais pas été chercher la police... C'est pas des citoyens à recevoir, dans des maisons bourgeoises, des particuliers attifés comme ça. — Son doigt tendu montrait l'Indien. — Quand il m'a demandé à quel étage que vous demeuriez, monsieur Méridien, j'en ai eu le sang tourné... Mais qu'est-ce que vous voulez, une faible femme comme moi, j'pouvais pas l'mettre à la porte !... Seulement, je me suis pensé : « Pourvu que ça ne tourne pas au vilain... » Et quand les hurlements de votre domestique ils ont retenti jusque dans le colidor : « Ça y est ! » que j'ai fait...

— Agnès a eu peur, madame Michel, à cause du costume de Monsieur qu'on n'a pas l'habitude de voir à Paris...

— Surtout quand c'est pas le Mardi Gras... J'croyais que c'était défendu de se déguiser le restant de l'année.

— Tout est bien qui finit bien, riposta M. Méridien... Encore une fois pardon pour tout ce brouhaha.

— Oh ! j'vous en veux pas, mon cher monsieur. Seulement, si votre domestique n'était pas une caponne et une imbécile, ça ne serait pas arrivé. »

C'était la flèche du Parthe, et elle se disposa à sortir avec les agents auxquels le savant était en train d'exprimer ses regrets qu'on les eût appelés inutilement, ce à quoi l'un d'eux répondit :

« Il vaut tout de même mieux qu'il n'y ait personne de mort. C'est toujours des complications... »

On crut bien qu'il allait en surgir de nouvelles, car, pendant ce court dialogue, Agnès sortit de dessous la table.

Elle toisa de haut la mère Michel qui soutint son regard. Leurs yeux luisaient comme deux épées qui se croisent.

« Vous, la vieille, vous m'avez traitée de caponne et d'imbécile, je vous revaudrai ça... On règlera ça entre nous. C'est assez de tapage comme ça chez Monsieur... Que je ne vous voie plus... filez ! »

La concierge, menaçante, se disposait à bondir sur Agnès, les doigts recroquevillés en griffes. Mais les agents la poussèrent dehors, et elle redescendit, déroulant un chapelet d'injures qui, peu à peu, sombrèrent dans la cage de l'escalier.

Il s'agissait maintenant de réconcilier Agnès avec l'Indien.

M. Méridien s'y employa pendant que les enfants balayaient la casse. L'Indien se montra bon prince et s'accusa d'être la cause de tout le mal.

« Parbleu, reprit-elle, pourquoi que vous vous habillez comme un épouvantail à moineaux ?... C'est bien... une autre fois, ça ne m'arrivera plus. »

La paix fut donc conclue entre eux. En apparence, du moins, car, dans l'esprit de la brave fille, une invincible méfiance était née contre cet intrus qui représentait pour elle d'autres cieux, d'autres mœurs, qui personnifiait tous ces pays lointains vers lesquels son maître tendait la pensée des petits et qu'elle détestait.

Lui poussa la mansuétude jusqu'à glisser dans sa main un billet de cinquante francs pour l'indemniser du trouble qu'il lui avait causé. Elle l'accepta, songeant dans son par-dedans qu'elle emploierait cet argent à racheter des verres et des assiettes, ce qu'elle fit dès le lendemain matin.

M. Méridien, pour rétablir par un cordial l'équilibre de leurs facultés à tous, offrit un petit verre de « noyau », liqueur qu'il fabriquait lui-même et réussissait à merveille.

Mais, en vérité, l'agitation de cette entrevue les avait un peu énervés, son hôte et lui, et l'on remit au lendemain l'entretien projeté.

Wabingi se retira. En bas la mère Michel ayant fermé la porte au moment de l'alerte, raffina encore sur sa rancune en le laissant, pendant cinq minutes, crier : « Cordon, s'il vous plaît ! »

CHAPITRE IV

Sur les quais du port de Liverpool, au milieu de l'incessant va-et-vient de lourds camions automobiles, dans le grand vacarme des grues trépidantes, des locomotives haletantes, sous des panaches de fumée noire que la brise d'octobre échevelait, un rassemblement s'était formé autour d'une femme dont la physionomie lamentable exprimait un profond découragement.

Elle s'était assise sur un baril de goudron, au grand détriment de sa jupe.

Des gémissements profonds sortaient de sa poitrine, entremêlés de la même phrase qui revenait sans cesse :

« Ah ! j'suis t'y malheureuse ! j'suis t'y malheureuse ! »

Le pire, c'est que, parmi les gens qui l'entouraient, personne ne comprenait un mot aux lamentations de cette Française, échouée dans ce milieu étranger, et qu'elle-même n'entendait rien aux questions qu'on lui posait... en anglais !

« Qu'est-ce que vous avez, ma pauvre dame ? Où souffrez-vous ? »

Il y en avait même qui soutenaient

UN POLICEMAN SAISIT AGNES SOUS LE BRAS ET L'EMMENA AU POSTE LE PLUS PROCHE

qu'elle était en ribote en présence de sa face congestionnée et de ses yeux larmoyants.

Un immense policeman survint. Avec toute la raideur britannique, il l'enleva de son siège improvisé au prix de quelque effort, le goudron, collant de sa nature, commençant à faire son effet, et, l'ayant prise sous le bras, il l'emmena au commissariat de police le plus proche.

Elle se laissa faire, inerte, en proie à un désespoir incommensurable.

Le commissaire, qui savait un peu de français, lui demanda qui elle était, d'où elle venait.

Vous eussiez éprouvé certaine surprise si vous aviez été là, lorsque l'inconnue répondit :

« Je suis Agnès Toupignon, la bonne à M. Méridien. »

Je vous apprendrai tantôt comment elle se trouvait dans cet état de prostration sur le quai de Liverpool. Auparavant, remontons ensemble le cours des événements.

Quelques jours après cette mémorable soirée où la venue de l'Indien dans l'appartement du quai Voltaire l'avait mise en l'état que vous savez, il était revenu chez le savant géographe et, cette fois, les choses s'étaient passées normalement.

Non point, certes, qu'Agnès lui eût fait un visage souriant. Elle ressentait une irrésistible répulsion pour cet intrus qui, promptement, avait conquis son maître et Bernard, comme, précédemment, il était entré dans les bonnes grâces d'Hervé.

Elle l'aimait d'autant moins qu'il ne cessait de vanter les beautés de son pays, l'existence libre qu'on y menait, les joies et les profits de la chasse.

« Il fait grand froid chez nous, c'est entendu, disait-il. Mais nous savons nous garantir contre les rigueurs d'un hiver permanent. Les fourrures ne nous coûtent pas cher pour nous vêtir chaudement.

« Si vous croyez qu'on attrape des bronchites ou des fluxions de poitrine sous notre climat vous vous trompez ; il n'y a pas d'existence plus saine que la nôtre. »

Il semblait à M. Méridien, à l'entendre, qu'il arpentait lui-même les plaines immaculées de là-bas... Il rêvait d'affûts palpitants et se berçait de chimères... Peut-on savoir ! Une supposition qu'en parcourant ces contrées encore imparfaitement connues, il eût découvert une forêt, un cours d'eau manquant sur les cartes et qui, désormais, y figurerait sous son nom... Le fleuve Méridien, Claude-Méridien !

Certain soir que Wabingi avait dîné chez lui, comme cela arrivait fréquemment, malgré l'hostilité d'Agnès, au fur et à mesure que leurs relations devenaient plus intimes, le Peau Rouge lui dit à brûle-pourpoint :

« Pourquoi ne me confiez-vous pas Hervé ? Son avenir est là. »

La proposition étonna tellement M. Méridien qu'il en demeura quelque temps interdit.

« Non, ce n'est pas possible, reprit-il au bout d'un instant. Il est encore trop jeune, et je vous avoue que je n'aurais jamais le courage de me séparer de ce cher enfant.

« Toi aussi, n'est-ce pas, mon garçon, tu serait trop malheureux de nous quitter ? » fit-il à Hervé.

Celui-ci, que cette éventualité prenait moins au dépourvu, puisque Wabingi lui avait déjà fait pareille ouverture, répondit vivement :

« Oh ! oui, Tonton, j'en aurais beaucoup de peine. Mais, sans cela, j'avoue que ce serait pour moi le comble du bonheur... J'ai les mêmes goûts que papa... »

Et, se souvenant des arguments de l'Indien à ce sujet, il dit encore :

« J'aurais peut-être la chance de le retrouver. »

Ces entretiens ébranlèrent singulièrement l'esprit de M. Méridien et, hanté par le mirage du Northland, au cours de ses nuits d'insomnie, il en arriva à cette conclusion que le meilleur moyen de résoudre la question, ce serait qu'il y allât aussi, avec Hervé. Il est juste d'ajouter que l'envie de répondre au désir que Primel avait exprimé dans sa lettre tenait une grande place dans sa pensée. N'était-ce pas augmenter les chances de le retrouver que d'avoir pour guide un habitant du nord de l'Amérique ?

Sans doute, mais Bernard ?

Ne serait-ce pas bien déraisonnable d'exposer un enfant de cet âge aux risques d'une pareille expédition ? Son tempérament, qui n'était pas encore formé, supporterait-il tant de fatigues, tant d'aléas ?

Mais aussitôt, de bonnes raisons contraires assaillaient son imagination. Ce sont les enfants qui, ayant le sang plus jeune, ont le plus d'endurance, à condition de les ménager, de les soigner.

Eh bien ! Agnès ne serait-elle pas là !

Oh ! il savait bien qu'elle avait la géographie en horreur et, partant, tout ce qui s'y rapportait. Quitter le coin du feu pour patauger dans la neige lui semblerait incontestablement la pire des calamités... Oui oui, c'était certain, mais elle chérissait trop les petits pour les abandonner... Oui, elle grognerait, elle tempêterait, mais qu'elle grognât ou qu'elle tempêtât à Paris ou au Northland, ça n'avait point d'importance.

Pour Hervé, la question ne se posait pas. M. Méridien se figurait à l'avance avec quelle ivresse il se jetterait à son cou le jour où il lui annoncerait : « C'est décidé, nous partons ! »

Enfin, répétons-le, le motif le plus impérieux qui le poussait, c'était de retrouver Jean Primel. Un homme d'expérience comme lui serait plus à même de diriger les recherches qu'Hervé tout seul.

Bref, le désir ardent qui le brûlait depuis sa jeunesse d'accomplir lui aussi un grand voyage, désir que les circonstances ne lui avaient pas permis de réaliser, l'emporta sur toutes les objections.

Le plus simple était qu'ils suivissent tous ensemble Wabingi.

C'est à Hervé et à Bernard qu'il fit part d'abord de sa décision. Le premier en eut une vraie crise de délire joyeux comme il fallait s'y attendre et le second, qu'un simple voyage à Chatou ravissait déjà, fit sept ou huit fois le tour de l'appartement, à cloche-pied, en claironnant sur un air de fanfare : « Vive tonton ! Vive tonton !!! »

Quand il s'ouvrit de ses intentions aux confrères de l'Institut, ils le félicitèrent de cette belle audace, mais en son absence, on ne se gêna point pour le critiquer.

« Jean-Baptiste Méridien est encore vert, soit... Mais il s'y prend un peu tard pour courir le monde... Et traîner deux enfants à la remorque ! Quelle imprudence ! Il est complètement fou !!! »

Agnès n'en crut pas ses oreilles, lorsqu'il se décida à l'avertir aussi. Elle n'employa pas de périphrases et lui jeta à la face qu'il retombait en enfance. Quant à s'en aller avec eux, comme il l'en avait sollicitée, jamais de la vie.

Elle dénoua son tablier et le jeta rageusement dans un coin de la cuisine.

« J'aime mieux déguerpir immédiatement... »

Elle sanglota, il y eut une scène violente et finalement, constatant que M. Méridien était inébranlable, elle se résigna... A cause des chérubins. Seulement si elle laissait ses os là-bas, c'est son maître qui en serait responsable... Il aurait ce crime-là sur sa conscience. « Je le jure, s'écriait-elle », en prenant une pincée de sel et en la dispersant tour à tour par-dessus chacune de ses épaules.

Le plus singulier, c'est que Wabingi quand il apprit que toute la famille, y compris la bonne, émigrait sous sa direction, n'en parut pas enchanté du tout...

« Vous avez bien réfléchi que quatre personnes au lieu d'une, c'est trois chances de plus d'être en butte aux accidents.

— D'accord, mais c'est aussi trois chances de plus d'éviter toute mésaventure à Hervé, en veillant mieux sur lui.

— Oh, j'en aurais soin comme de mon propre enfant... »

Sa voix eut une intonation singulière et ses yeux un regard étrange.

Pourquoi ? Quelle était l'arrière-pensée de cet homme ?

Toute son instance fut inutile pour décider M. Méridien à rester à Paris, que l'on quitta dans les premiers jours d'octobre. Leurs préparatifs n'avaient pas été longs.

A quoi bon s'encombrer de bagages ? C'est au Canada seulement qu'on se procurerait les vêtements appropriés et les accessoires nécessaires.

Pourtant Agnès enfila trois jupons les uns par dessus les autres, s'enroula deux châles sur les épaules et se munit d'une chaufferette... Elle n'avait pas envie d'attraper des engelures !

Puis, dans un sac antique en tapisserie, elle entassa plusieurs boîtes de pastilles de menthe, quelques douzaines de bâton de réglisse et une ample provision de papier Rigollot. « Il n'y a rien de tel qu'un sinapisme. »

Quand, à la gare du Nord, elle monta en wagon, elle était d'une humeur exécrable.

Pourtant M. Méridien ne négligeait rien afin d'assurer le plus grand confort aux siens et il avait pris des billets de première classe pour tout le monde.

Agnès se trouva gênée de poser ses gros souliers sur ces épais tapis et de s'asseoir sur ces moelleux coussins où l'on enfonçait comme dans du beurre. Inhabituée au luxe, elle étala à sa place un grand mouchoir à carreaux violets, ce qui provoqua les sourires de leurs compagnons de compartiment.

Evidemment, si c'était l'indice d'une personne soigneuse, cela manquait de distinction.

Elle s'en vengea en les apostrophant dans son for intérieur : Quels idiots !

Quand le train se fut ébranlé, elle se plaignit de la température qui régnait dans la voiture surchauffée et pour dissiper ce malaise, sortit de dessous son rembourrage de jupes un cornet de papier d'un blanc douteux, que par précaution elle avait empli de pastilles.

Elle se crut obligée d'en offrir à ses vis-à-vis. La chaleur les avait rendues gluantes. On les refusa. Nouveau sujet de mécontentement qui se traduisit par cette explosion interne : « Ah! les mal polis ».

Elle devint encore plus maussade quand l'Indien, croyant être aimable, lui eut dit :

« Il vaut mieux que vous soyez incommodée par la chaleur que par le froid. Là-bas vous serez à votre aise. »

Cette allusion au but de leur voyage, qu'elle entreprenait comme un chien qu'on fouette, ne pouvait que l'indisposer davantage. Elle s'isola dans d'innombrables parties de bataille avec Bernard, jusqu'à Boulogne, d'où ils devaient gagner l'Angleterre, afin de s'y embarquer pour le Canada.

M. Méridien, l'air radieux, lisait un ouvrage sur *la Végétation au-dessus du cercle arctique*. Hervé, avide de nouveau, considérait par la portière le défilé des paysages et Wabingi sommeillait.

Mais, parfois, des rides creusaient son front, comme s'il eût été en proie à de mystérieux soucis. Il y avait un secret au fond de l'âme de cet homme.

A Boulogne, cette pauvre Agnès fut la victime d'une mésaventure qui n'était pas faite pour l'amadouer.

On l'avait laissée toute seule sur le quai avec sa chaufferette et son sac en tapisserie, pendant que M. Méridien prenait les billets et que les deux enfants choisissaient avec l'Indien une place de leur goût sur le pont du paquebot.

Soit qu'ils comptassent sur M. Méridien pour l'avertir de monter à bord, soit que M. Méridien comptât sur eux, toujours est-il qu'on la laissa en plan.

Absorbée par ses réflexions chagrines, elle ne prit conscience de la situation qu'au moment où les passerelles du navire avaient été retirées et qu'il se mettait en marche.

Alors elle poussa des cris perçants :

« Arrêtez... Arrêtez... Je ne veux pas rester là. »

M. Méridien et les enfants dont l'attention fut attirée par ses clameurs et qui causaient tranquillement sur le bateau, convaincus qu'elle y était aussi, coururent vers le capitaine pour le prier de faire machine en arrière.

Il les envoya promener. On ne recommence pas la manœuvre pour un passager en retard.

La situation était critique.

Un marin, dans son alentour, eut pitié des lamentations d'Agnès. En un tour de main, il rafla le sac et la chaufferette, poussa la grosse fille le long d'un escalier au bas duquel la mer faisait danser sa barque et y jeta le tout.

Puis, godillant avec énergie, il rejoignit le paquebot d'où on lui jeta une amarre, dans laquelle il enroula Agnès et ses ustensiles qu'on hissa par dessus le bastingage.

Ce fut un début de navigation déplorable dont elle sut bien, je vous jure, manifester son mécontentement.

Et voilà, comme nous l'avons vu plus haut, qu'elle se trouvait encore à Liverpool dans une situation des plus critiques !!

A Boulogne, son abandon n'était dû qu'à un malencontreux hasard. Pouvait-on le croire, cette fois-ci ? Après avoir traversé la Manche et débarqué à Folkestone ils étaient arrivés à Liverpool, d'où partaient des steamers directs pour Québec, un peu moulus par un long trajet en chemin de fer à travers le Royaume Uni.

Agnès était éreintée. Aussi, quand M. Méridien émit le vœu de visiter la ville durant les quelques heures qui restaient avant le départ, elle déclara, dans son langage imagé, qu'elle avait les jambes rentrées dans le corps et ne bougerait pas pour un coup de canon!

« Eh bien, fit Wabingi, je resterai avec vous, moi, je connais Liverpool. »

Ils avaient flâné aux alentours, tout doucettement, à petits pas, et, soudain l'infortunée servante perdue dans un encombrement, s'était trouvée toute seule.

Plus de Wabingi !

On imagine sa détresse au milieu de gens auxquels elle était incapable de demander son chemin, ignorant leur langue.

C'est alors, qu'en proie au désespoir, elle s'était abandonnée sur le baril de goudron, d'où elle avait été emmenée au commissariat.

Quand revinrent M. Méridien et les enfants, ils furent atterés.

« Je l'ai cherchée de tous les côtés, sans pouvoir la retrouver, fit l'Indien. Je viens de rentrer à bord. On ne l'a pas vue.

— Mais c'est épouvantable ! s'écria le savant. Nous ne pouvons pas la laisser ainsi derrière nous... et dans trente minutes, on lève l'ancre... Je cours à la police !... Là on me renseignera sans doute !... Pourvu qu'il ne lui soit pas arrivé un accident ! »

... UN MARIN CONDUISIT AGNÈS EN CANOT JUSQU'AU PAQUEBOT

Bernard pleurait. Hervé était tout pâle. Seul, Wabingi ne semblait pas autrement ému.

M. Méridien vola plutôt qu'il ne marcha vers le commissariat le plus proche où il retrouva Agnès, mais, malgré son impatience il fallut parlementer, donner des explications... Cela prit du temps. Quand il put enfin l'emmener avec lui, les trente minutes étaient écoulées... Et les enfants qui étaient demeurés avec Wabingi... Peut-être le navire, déjà les emmenait-il ?

Quelle angoisse !!!

Il enleva Agnès, la jeta comme un paquet sur l'arrière d'une charrette après avoir glissé un shilling dans la main du conducteur, pour qu'il fouettât son cheval, et lui-même grimpa à côté d'elle, les pieds ballants, à la manière des gamins de la rue, qui affectionnent ce moyen de transport.

Si ses collègues de la Société de Géographie l'avaient vu !

Il éprouva un soulagement quand il aperçut les trois cheminées du steamer qui n'avait pas encore pris le large, un peu retardé par une livraison imprévue de marchandises au dernier moment.

Grâce à cela, il put bondir à bord, tenant Agnès dans ses bras. Il foulait à peine le pont que la sirène de son souffle puissant, lançait le dernier appel et que l'immense navire se détachait du quai, halé par un remorqueur.

Quelle fête Hervé et Bernard firent à l'excellente fille et combien leurs caresses lui parurent douces après de pareilles transes !

Mais ni elle, ni M. Méridien, ni ses neveux, ne s'aperçurent que le Peau Rouge, après avoir aussi manifesté sa joie, tournait la tête et esquissait une grimace.

Pourquoi ce double visage en plusieurs circonstances ?

CHAPITRE V

Les grandes houles de l'Atlantique soulevaient le *Northumberland;* ainsi s'appelait le navire sur lequel ils s'étaient embarqués

Du matin au soir, les deux frères, insensibles au mal de mer, arpentaient le pont, avec des allures importantes de vieux matelots.

Heureusement, Agnès aussi était réfractaire à cette terrible indisposition qui transforme ceux qui en souffrent en véritables loques. Autrement, cela n'eût guère amélioré son caractère irascible.

Par exemple, le visage de M. Méridien prenait quelquefois la teinte vert-pâle d'un jeune chou. Mais cela n'alla pas jusqu'à des manifestations extérieures regrettables, et, au surplus, ne se prolongea pas au-delà des deux premiers jours de la traversée.

Wabingi, lui, n'avait rien perdu de sa couleur d'ocre, et, sous les regards intrigués des passagers, promenait ses songeries, qui semblaient profondes, de bout en bout des promenoirs, le long des cabines de première classe. Car il s'était payé ce luxe, afin d'être à l'unisson de M. Méridien, qui, ne négligeant rien pour l'agrément des siens, y compris Agnès, le leur avait également offert.

Ses plumes agitées par la brise, produisaient le plus bel effet, mais ce n'était pas un genre de coiffure très pratique pour naviguer, et, une après-midi, à la grande joie d'Agnès, un coup de vent sournois enleva la magnifique parure avec sa traîne...

Le noble chef de la tribu des Athapascans la vit tournoyer, tel un albatros, puis s'abattre sur la crête des vagues et roulée dans l'écume, disparaître à l'horizon.

Agnès s'en montra d'autant plus réjouie qu'il s'en montra furieux. Décidément, elle ne l'aimait pas. Pourtant, quand après l'accident, il arbora une casquette à carreaux elle lui dit en ricanant:

« Vous êtes bien plus gentil comme ça... Au moins, vous n'avez pas l'air d'un Buffalo Bill de cirque ! »

Mais elle conclut de l'événement que sa coiffe aux ailes légères pourrait bien aussi être ravie à son crâne et le lendemain, elle parut couronnée d'un béret de marin, enfoncé jusqu'au cou et cachant ses oreilles...

Plus grotesque encore, Agnès obtint un succès de fou rire.

Comment s'était-elle procurée ce béret ?

C'est toute une histoire — et une histoire extraordinaire, qui prouve qu'en ce bas-monde, parfois, il faut s'attendre aux rencontres les plus imprévues. Vous allez voir que le vent y est aussi pour quelque chose.

Notre cuisinière, puisque son maître entendait que sa bonne fût aussi bien traitée que lui-même, ce qui est un sentiment louable, jouissait donc de tous les avantages des passagers de première classe.

Elle mangeait à la même table qu'eux et absorbait certainement de meilleur appétit les plats qu'elle n'avait pas été obligée de préparer. Etant un tantinet gourmande, elle se pourléchait les babines des volailles rôties, des pâtés en croûte, des crèmes et pâtisseries qui composaient le menu de chaque jour. A bord des grands transatlantiques, on en a pour son argent.

Toutefois, comme elle ignorait les bonnes manières, qu'elle essuyait son verre avec son mouchoir, coupait son pain avec son couteau, mangeait avec un bruit de mâchoires formidable, il en résultait que les autres convives se moquaient d'elle et même supportaient malaisément son voisinage.

Réciproquement, en se promenant sur le pont au milieu de ce beau monde, elle ne se sentait pas du tout à son aise.

C'est pourquoi elle gagnait souvent l'avant du paquebot réservé aux passagers des troisièmes. Là, il y avait une ou deux familles de cultivateurs français que la fertilité du sol canadien avait décidés à s'expatrier.

On taillait des bavettes, on jouait aux dominos, loin de tous ces poseurs et de toutes ces poseuses qui l'excédaient avec leurs simagrées.

Un jour que sommairement assise sur un pliant léger, elle contait ses démêlés avec la mère Michel, bête noire dont le souvenir la hantait, voilà que, subitement, s'éleva une tornade beaucoup plus violente que le coup de brise qui avait dispersé le plumage de l'Indien.

« TOPEZ-LA ! » DIT COADIGOU, EN TENDANT LA MAIN A M. MÉRIDIEN

Au point que ses jupes faisant ballon, Agnès fut soulevée comme un fétu, balayée en un clin d'œil, et s'engloutit dans une écoutille de la soute aux vivres dont le panneau était ouvert.

La providence permit qu'elle piquât une tête sur des sacs de riz et n'éprouvât aucun dommage. Elle se rendit compte immédiatement qu'elle n'était point privée de connaissance, en entendant ces mots prononcés à côté d'elle:

« Ah ! ma Doué ! Ça, c'est épatant... Agnès Toupignon! »

Ce à quoi elle répondit ayant regardé du côté d'où venait la voix, par cette exclamation :

« Bonté du ciel, Mathurin Coadigou ! »

C'était bel et bien un de ses cousins, né natif de Loctudy, dans le Finistère, tout comme elle.

« Si je m'attendais à vous rencontrer par ici et de cette manière-là, fit-il, j'aime mieux être pendu. »

La conversation s'engagea et ils se donnèrent mutuellement les explications nécessaires, quand ils eurent épuisé toute une série d'interjections variées, inévitables en pareil cas.

Pour une rencontre fantastique c'en était une !

Après qu'Agnès lui eût exposé comment et pourquoi elle se trouvait à bord, Mathurin-Yves-Gildas Coadigou, à son tour, expliqua que la marine marchande française s'étant trouvée réduite depuis la guerre, il était venu s'engager dans une Compagnie anglaise.

N'ayant de goût ni l'un, ni l'autre pour les longues digressions sur les singularités du hasard, ils causèrent tout bonnement comme s'ils s'étaient quittés de la veille et redevinrent incontinent les meilleurs amis du monde.

C'est alors que le marin fit cette remarque :

« Votre coiffe, cousine, est mal commode pour bourlinguer au large. Si vous voulez, j'vas vous prêter un béret. »

Voilà comment Agnès, ayant accepté, était transformée en loup de mer.

Elle n'eut rien de plus pressé que d'amener le cousin à M. Méridien et aux enfants... Par la même occasion, Wabingi eut le plaisir de faire sa connaissance.

C'est une façon de parler, car il témoigna envers le nouveau venu d'une froideur extrême et Coadigou, qui cependant était d'une nature expansive, se montra très réservé vis-à-vis de lui. Il y a des méfiances instinctives.

Au contraire, Hervé et Bernard furent enchantés de ce nouvel ami, d'abord parce qu'il était le parent de leur chère bonne, ensuite parce que c'était un drôle de type, enfin parce qu'il leur avait dit :

« Mes petits Messieurs, des fois que ça vous enchanterait de visiter en détail la maison flottante sur laquelle pour le moment nous nous trouvons, vous et moi, j'suis votre homme et vous savez, c'est le cas de le dire, je la connais dans les coins... »

M. Méridien, pour les deux premières raisons seulement, car l'aménagement d'un paquebot n'étant point du domaine de la géographie ne l'intéressait pas autrement, se montra également plein de bienveillance pour Mathurin.

Les enfants visitèrent donc le *Northumberland* dans tous ses détails, pilotés par le marin et Agnès, elle-même, prétendit se joindre à eux. Mais elle ne poussa pas l'exploration très loin.

Parce qu'en descendant une des échelles de fer raides et huileuses qui conduisent aux machines, le pied lui manqua et elle parvint en bas comme un ballot le long d'une glissière.

Mais le cousin se trouva là fort à propos pour la recevoir dans ses bras. La réflexion qu'il émit alors ouvrit des horizons à la servante.

« C'est bien dommage qu'on soit dans la nécessité de nous séparer bientôt et de mettre le cap dans des directions opposées, vous à tribord et moi à babord. Sans ça, je vous aurais donné volontiers un coup de main ainsi qu'à votre patron et aux gosses, toutes fois et quantes vous toucheriez sur des écueils... »

« Tiens, mais... c'est une idée », pensa Agnès.

Et, renonçant à poursuivre la visite dans la crainte d'autres culbutes, elle se hâta de joindre son maître et lui tint ce langage:

« Qu'est-ce que vous pensez de mon cousin ?

— J'en pense beaucoup de bien, Agnès. Il est jovial, me paraît débrouillard et je crois qu'il a bon cœur.

— Vous parlez. Il n'était pas encore si haut qu'une botte, qu'il me donnait la moitié de ses crabes, quand nous allions à la pêche ensemble.

— Ça prouve qu'il n'est pas égoïste.

— Pour sûr que non; il a deux médailles de sauvetage.

— Très bien ! je le féliciterai.

— Vous aurez raison... Mais c'est pas pour ça que je vous en parle. Il m'est venu une pensée. Si on l'emmenait avec nous dans ce maudit pays où nous nous en allons. Comment que vous l'appelez déjà ?

— Le Northland.

— Après tout, c'est pas la peine que vous me le disiez. J'pourrai jamais me souvenir d'un nom comme ça... Mais je m'en moque, au surplus. Si je vous en parle, c'est à seule fin de vous conseiller de prendre Coadigou à votre service.

— Pourquoi faire ?

— Mais pour nous secourir en cas de besoin... Voilà deux fois qu'il me prête assistance. C'est pas comme votre Wabingi qui m'a laissée en plan chez les English... Et puis il amusera les enfants. Ils sont déjà tout plein camarades... Dites que vous voulez bien, mon bon maître. »

Certes on pouvait ainsi qualifier M. Méridien, incapable d'un refus quand il s'agissait d'être agréable à ses neveux et de ne pas contrarier sa bonne, très difficile à satisfaire, il est vrai.

Si vous aviez été dans leur voisinage quand elle eut fini de parler, vous auriez compris que M. Méridien avait exaucé son souhait, en la voyant, avec son sans-gêne accoutumé, lui donner une foudroyante accolade, dont il se serait bien passé.

Si peu d'efforts qu'elle eut déployés pour le convaincre, il lui en fallut encore moins pour emporter le consentement de Coadigou.

« Topez-là, dit-il, en tendant la main au savant, quand celui-ci l'eut mandé. Je vous aime déjà comme défunt mon père. Entre nous deux c'est à la vie et à la mort. Et ça tombe à pic... Mon engagement finit justement en accostant à Québec. Le temps de toucher ma paye, d'arrimer mon sac et je suis à vous. Et le Peau Rouge, qu'est-ce qu'il en pense ? Je suppose et superpose qu'il aimerait autant que je n'en sois pas, de votre équipage.

— Qui vous le fait croire? Agnès lui en veut de nous avoir proposé ce voyage. Elle vous aura tenu des propos sans aménité

UNE TROMBE D'EAU S'ABATTIT SUR LE SAVANT

bien sûr. Elle a eu tort... Je n'ai eu jusqu'ici qu'à m'en louer.

— Espérons que ça continuera. C'est peut-être la crème des hommes après tout... Du reste, je serai là... J'ouvrirai l'œil et le bon, je vous en donne mon billet. »

Si M. Méridien n'eût pas été la confiance personnifiée, sans doute eût-il été frappé de l'insistance que l'Indien mit à combattre sa résolution. Il s'opposa de toutes ses forces à ce qu'on s'adjoignît le Breton.

Ce fut peine perdue, d'autant plus que Bernard et Hervé avaient joint leurs insistances à celle d'Agnès. Ceux-là finissaient toujours par l'emporter. Coadigou fut définitivement enrôlé.

La traversée devait être bonne jusqu'au bout et la bouillante cuisinière que les gens irritaient facilement n'eut pas trop à maugréer contre les éléments.

M. Méridien avait fini par s'habituer au tangage et au roulis et les révoltes de son estomac, après s'être espacées, s'apaisèrent peu à peu et s'évanouirent complètement.

Il s'enivrait de grand air, le soir, faisait le point d'après les étoiles, consultait sans cesse sa boussole de poche et promenait une loupe sur une carte marine minuscule, réduite au 1250000e, dont il était l'auteur.

Un soir, que la température était plus douce, il ôta son foulard et en conclut, pour l'enseignement de ses neveux, que le bâtiment entrait dans la zone centrale du Gulf-Stream, ce courant d'eau chaude qui remonte la côte septentrionale de l'Amérique du Nord, après avoir pris naissance dans le golfe du Mexique.

Quelquefois, bien emmitouflé dans un plaid, ayant remis son foulard, malgré l'influence de ce Gulf-Stream, plutôt théorique que réelle et qui lui eût valu un bon rhume de cerveau s'il eût persisté à découvrir sa gorge — quelquefois, il s'endormait au fond d'un rocking-chair, sur le pont.

Et il lui arrivait de se réveiller en sursaut, en criant : « Terre, Terre ».

Un songe l'avait transformé en Christophe Colomb, découvrant de la hune de sa caravelle *La Santa Maria*, la côte de San Salvador.

Quand on traversa les bancs de Terre-Neuve, il cria « Vive la France », comme *le Northumberland* louvoyait au milieu d'une flottille de nos navires pêcheurs de morue.

Et il éprouva une des joies les plus intenses de sa vie lorsqu'on signala, à deux milles de l'avant, un iceberg que le courant poussait vers le paquebot.

Lui, Claude Méridien jusque-là sempiternel terrien dont l'enfance, la jeunesse, et l'âge mûr s'étaient écoulés entre Montparnasse et Montmartre, il allait contempler un des plus curieux phénomènes de la nature, un iceberg !

Vous n'ignorez pas que des amoncellements de glace agglomérée et formant de véritables collines mouvantes, sous la violence du vent ou pour toute autre cause, se détachent des champs polaires ?

L'iceberg signalé formait une masse imposante. Le capitaine inattentif, qui ne surveillerait pas l'approche de ces véritables îlots flottants, exposerait son navire à un désastre.

Celui du *Northumberland* prit donc ses précautions pour l'éviter.

Il donna l'ordre aux passagers de rester à l'intérieur du navire afin de ne pas gêner la manœuvre. C'était par excès de prudence, car averti à temps, il lui était facile de changer sa route.

En réalité une autre raison l'avait déterminé à donner cet ordre. On approchait du port et désireux que son bâtiment fût propre et luisant en entrant au bassin, il voulait que toute la superstructure fût débarrassée des gens qui auraient nui aux opérations du lavage et de l'astiquage.

Mais notre savant, emporté par le désir d'admirer plus longtemps l'iceberg, avait enfreint la défense.

Il s'était faufilé clandestinement le long des couloirs et s'était collé, se faisant le plus petit possible, contre la paroi du salon extérieur.

Là, hynoptisé, par les jeux de lumière qui transformaient l'iceberg en une montagne de nacre étincelante, il était bien loin de toute réalité.

Il fut brusquement rappelé par une pluie diluvienne qui s'abattit en trombe sur sa personne. C'était le contenu d'une dizaine de seaux d'eau, déversés d'un mouvement énergique et simultané sur le toit du salon par l'équipe chargée du lavage.

L'eau ayant atteint le bord du toit, du côté où se tenait M. Méridien ruisselait en cascade, transperçant ses vêtements, sans lui laisser un fil de sec.

Son égalité d'humeur ne l'abandonna point. Il fut stoïque ; tout en grelottant, il ne lâcha pas sa lorgnette et regarda l'iceberg, tant qu'il fut en vue.

Ce fut un miracle qu'il ne gagnât point, à tant de stoïcisme, une fluxion de poitrine. Il ne le poussa point d'ailleurs jusqu'à négliger les précautions usitées en pareil cas.

Dès qu'il n'y eut plus rien à voir, il songea que le fumoir était un endroit très chaud. Il s'y rendit dignement, laissant derrière lui une traînée humide.

Là, on crut qu'il était tombé à la mer et malgré ses dénégations certains le croient encore, tant il était trempé. Puis, il se confia aux bons soins d'Agnès, qui lui fit avaler de force deux grogs chauds, trois ou quatre tasses de thé bouillant et plusieurs laits de poule. Il y aurait eu de quoi le rendre malade, sans sa constitution d'une robustesse vraiment exceptionnelle.

Mais il dut principalement à Mathurin Coadigou de se tirer sain et sauf de ce refroidissement.

Celui-ci le frictionna avec un tel entrain qu'il eût fallu à son sang beaucoup de mauvaise volonté pour ne pas reprendre promptement une circulation normale.

Il l'en remercia avec cette politesse chaleureuse qui ne lui faisait jamais défaut.

« Y a pas de quoi, reprit le matelot. Ça me connaît. Avant de naviguer, j'ai été garçon d'écurie; y en avait pas deux comme moi pour bouchonner un cheval. »

Agnès ajouta :

« Vous voyez bien que le gars peut vous rendre les plus grands services. C'est une inspiration du ciel que je lui aie demandé de venir avec nous.

— Pour ce qui est de moi-même, ici présent, reprit Mathurin, je suis aux anges. Depuis le temps que je me trimballe sur les océans, j'en suis fatigué. Les jambes me démangent d'arpenter du terrain, y aurait-il cent pieds de neige dessus. J'ai bien du contentement en songeant que ça ne va pas tarder. Nous entrons dans le golfe du Saint-Laurent. En attendant qu'on accoste, venez vous-en avec moi sur l'arrière... Je connais les parages. C'est ma huitième traversée. J'vas vous expliquer la contrée. »

Et le bras tendu, ayant remisé sa chique au fond de son béret, histoire de parler plus clair, dit-il en riant, il leur fit un cours de topographie dans les termes les plus pittoresques.

« Là-bas, cette pointe que vous voyez sur babord, c'est le cap du Chat... Ça fourmille de noms français par ici, à cause que c'est nos grands-parents, voilà de ça des années et des années, qui se sont amenés les premiers au Canada.

« Comme de juste, ils n'ont pas baptisé les localités à la mode des mangeurs de rosbeef, qui ne sont venus qu'après et qui nous ont volé notre conquête.

« C'est des choses qui sont vexantes surtout pour nous autres Bretons, qu'on était pas mal nombreux, à ce qu'il paraît, dans les compagnies de débarquement de ce temps-là. Mais motus, silence et ferme ton bec, Mathurin ! Sur le moment on est amis avec Messieurs les Anglais jusqu'à ce que ça change... Ne parlons pas de vieilles bisbilles...

« Voici maintenant l'Ile Verte, et puis l'Ile Basque et puis l'Ile aux Coudres. On se croirait dans la rivière de Bayonne ou dans la rivière de Quimper, tellement que ça vous sonne doux aux oreilles toute cette défilade de noms de France, à part que c'est plus immense et conséquent... Hein, mes petites Messieurs, y en a une fameuse goutte d'eau... Qu'est-ce que vous en pensez ? »

Hervé et Bernard, comme oppressés par la grandeur du spectacle, par la beauté du gigantesque estuaire dont les côtes verdoyantes et boisées se déroulaient sous leurs regards écarquillaient les yeux en silence.

Agnès, insensible aux grands spectacles de la nature y demeurait indifférente et se bornait à regarder Coadigou, au travers d'une somnolence béate, pleine de considération pour un cousin si verbeux et si savant, lui semblait-il.

Wabingi, toujours solennel, scrutait aussi l'horizon et ses prunelles ardentes allaient certainement au-delà, très loin, très loin, selon un fil de pensées mystérieuses. Cet homme portait en lui des intentions secrètes. Ceux qu'il avait poussés à ce lointain voyage n'y étaient certainement pas étrangers, surtout les enfants !

Quant à M. Méridien, bien qu'il n'en fût pas à sa huitième traversée, il n'écoutait pas un mot des explications du marin, en ayant appris beaucoup plus par les livres.

Seulement, d'un crayon fébrile, il notait ses impressions personnelles sur un des innombrables calepins qui débordaient de toutes ses poches.

Toutefois, l'éloquence de ce Coadigou fut brusquement interrompue par cette phrase, prononcée dans son dos, tandis qu'il se sentit agrippé aux épaules et brusquement retourné.

« *Have you done your task, bad paroquet ?*... Avez-vous fini votre leçon, mauvais perroquet ? »

C'était un des lieutenants du bord qui le rappelait à l'ordre et lui intimait de regagner son poste.

On approchait de l'appontement.

CHAPITRE VI

Quand on débarque en terre étrangère, on est astreint à une foule de formalités désagréables. Il faut se mettre en règle avec la douane, le service de santé et celui de l'émigration.

Agnès, qui n'était pas endurante, voulut envoyer promener les agents de ces diverses administrations, devant lesquels elle dut comparaître.

« De quoi se mêlent-ils, ces pistolets-là! »

Telle fut son antienne au cours des diverses opérations.

On ne peut se figurer la manière dont elle se débattit, quand les infirmières de la visite médicale voulurent la faire se déshabiller pour constater qu'elle n'avait pas d'éruption sur le corps.

« En voilà des façons, cria-t-elle... Voulez-vous bien me laisser tranquille... »

Force resta à la loi. Mais elle se vengea en tirant la langue au médecin à plusieurs reprises alors qu'il ne lui en demandait pas tant.

L'examen de ses bagages amena de nouvelles complications. Quand on eut découvert, dans le sac en tapisserie, l'approvisionnement considérable de bâtons de réglisse, de pastilles de menthe et de papier Rigollot, on jugea qu'il dépassait ses besoins personnels et on lui réclama un droit d'entrée trois fois supérieur à leur valeur réelle.

« Je vous avais bien dit, fit doucement M. Méridien, qu'il était inutile de vous charger de tout cela. Il y a des pharmaciens au Canada.

— Oui, mais ça n'aurait pas été de la même fabrique... Est-ce que je n'ai pas le droit de choisir mes médicaments ?... Je ne veux rien payer... On me persécute parce que je ne suis qu'une pauvre servante.

— C'est entendu », fit le bon savant, en clignant des yeux vers le douanier pour faire comprendre que lui paierait.

Dans le bureau du préposé à la vérification des émigrants se déroula une scène plus violente.

On sait qu'on exige des nouveaux débarqués, avant de les admettre, la possession d'une certaine somme d'argent, leur assurant, pendant un certain temps, des moyens d'existence.

Quand on demanda à Agnès : « Combien avez-vous sur vous ? » elle ouvrit son portemonnaie et en ayant inspecté les trois compartiments où quelques pièces étaient mêlées à des boutons de bottines, un timbre-poste et un bout de crayon, elle répondit modestement:

« Un franc soixante-quinze.

— C'est insuffisant, reprit l'employé... On va vous rembarquer sur le *Northumberland*, qui part dans trois jours, pour retourner d'où vous venez.

— Comment dites-vous ? — et, en posant cette question, de même qu'un ciel rouge annonce la tempête, la face de la brave fille s'empourpra, signe précurseur d'une colère bleue! — Vous ne manquez pas de toupet! Vous avez la prétention de me renvoyer d'ici et que je quitte mon maître, et mes chers petiots et mon cousin Coadigou... Vous vous moquez de moi... est-ce pas ?

— Pas du tout, c'est le règlement...

— Ah, c'est le règlement... Je ne vous en félicite pas, si c'est vous qui l'avez fait... A-t-on jamais vu!... Faudrait-il pas que je porte sur moi des bons de la Défense Nationale que j'ai économisés à la sueur de mon front... Est-ce que ça vous regarde ce que je possède, espèce de blanc-bec, espèce de gratte-papier, fainéant !... »

Les choses allaient se gâter, quand M. Méridien, ayant reconnu d'une pièce voisine le timbre exaspéré de sa bonne, arriva céans.

Mis au courant de l'affaire, il présenta à l'employé une liasse de billets de banque et un carnet de chèques sur la *Canadian Bank C°*, en disant :

« Je réponds de Mademoiselle.

— Mlle Agnès Toupignon, de Paris, ajouta-t-elle, en se rengorgeant. On n'est pas des va-nu-pieds, mon cher Monsieur. A présent, me trouvez-vous solvable, dites ? »

L'employé, qui avait de l'esprit, oublia les épithètes déplaisantes dont il avait été gratifié et remis à Agnès le permis de séjour.

Elle le reçut sans aménité. « C'est pas dommage » et, en se retirant « Au plaisir de ne pas vous revoir ».

M. Méridien l'admonesta paternellement.

« Il ne faudrait pas, ma fille, monter toujours sur vos grands chevaux. Avec un peu de patience, tout s'arrange. Demandez à Coadigou, vous verrez qu'il sera de mon avis.

— C'est bon, not'maître, on s'observera... »

Ah oui ! Elle était toute prête à recommencer dès la prochaine occasion.

Quand toutes ces formalités furent accomplies, Wabingi observa que rien ne les retenait plus à Québec.

« Nous sommes encore loin de notre destination, dit-il, et j'ai hâte de rentrer dans ma tribu, comme sans doute vous aussi, monsieur Méridien, de parcourir un pays vraiment nouveau et de goûter les émotions de la chasse. Ici, nous sommes dans une ville organisée comme celles d'Europe et rien de particulier, je crois, ne doit vous y retenir. »

— Pardonnez-moi, reprit M. Méridien. La cité de Québec est pleine de grands souvenirs pour nous, Français, je veux la visiter. »

L'Indien, de son air mélancolique et grave, les suivit à travers les rues.

Ils montèrent jusqu'à la citadelle, à l'extrémité de la pointe du Diamant, promontoire élevé sur lequel Québec est bâti.

C'était l'heure où le soleil couchant embrase le ciel. Les nuages, découpés en contours étranges, figuraient d'immenses palais de rêve, aux murs de pourpre !

Des tourelles prodigieuses, des donjons crénelés, des mâchicoulis, des poternes, des flèches d'un vermillon éclatant surgissaient dans l'espace, couleur d'émeraude, semblable à une plaine de pâles verdures où serpentaient des routes d'or !

Au-dessus d'eux, le Saint-Laurent roulait ses eaux bleues et profondes, vernissées de lueurs, qui écoulaient vers l'océan et disparaissaient derrière les collines au delà du Cap Tourmenté.

Une vaste clarté rose palpitait au-dessus de la terre au milieu de laquelle se découpait la haute silhouette du membre de l'Institut.

Ses compagnons groupés autour de lui l'écoutaient et comme Coadigou, à bord du paquebot, il leur faisait un cours d'histoire, dans un vocabulaire moins fantaisiste que celui du marin.

« Dans le sol que nous foulons, mes amis, fut plantée la bannière fleurdelisée de notre roi François Ier, voici bientôt trois siècles.

« Jacques Cartier, de Saint-Malo, en poursuivit la conquête. Après lui, Samuel de Champlain et tant d'autres y répandirent notre langue et notre civilisation, jusqu'au Marquis de Montcalm, qui, vaincu par la trahison de Denis de Vitré, dut se rendre aux Anglais.

« C'est ici que mortellement blessé, il s'écria, avant d'exhaler le dernier soupir : « Tant mieux, je ne verrai pas rendre Québec ! »

« Depuis lors, sur cette citadelle a flotté le pavillon aux Léopards.

« Mais les quelques milliers de colons français qui ne furent pas chassés par les conquérants se sont multipliés. Leurs descendants aujourd'hui sont plus de trois millions, loyaux sujets de la Grande-Bretagne, certes, mais fidèles quand même et toujours à notre langue, à nos mœurs, à nos traditions. »

Wabingi, dont les traits s'étaient crispés en l'écoutant, comme cela arrivait fréquemment, dit alors :

« Si vos ancêtres, les Français, n'avaient pas envahi le pays de mes ancêtres, et si après eux les Anglais ne les avaient pas exterminés et chassés de leurs champs et de leurs forêts, les Mic-Macs, les Algonquins, les Mohawks, tous ces fiers hommes qui étaient alors des millions ne seraient pas à présent réduits au nombre de cent mille.

« Le plus faible doit s'incliner devant le plus fort, à moins qu'il ne soit le plus rusé, n'est-ce pas Hervé, n'est-ce pas Bernard ? » fit-il, en regardant singulièrement les enfants.

Pourquoi ?

Mais M. Méridien, que captivait le magnifique panorama d'alentour, ne s'en avisa point, pas plus que Coadigou ni Agnès qui, indifférents aux considérations du membre de l'Institut sur le passé du Canada, échangeaient, assis côte à côte sur une borne, leurs souvenirs d'enfance à Loctudy.

Le soir même, ils roulaient tous ensemble dans le « Grand Trunk Railway », à destination d'Edmonton, le chef-lieu de la province d'Alberta. C'est un trajet qui peut compter 1600 milles environ, ce qui est l'équivalent de 740 de nos lieues.

Mais le train, avec sleeping et dining-cars est confortable. Nous savons que M. Méridien ne reculait devant aucune dépense pour assurer le bien-être de ses compagnons de route, même augmentés de Coadigou.

Il fut le héros du seul incident qui marqua cette longue randonnée à travers les plus beaux paysages du monde.

Il était peu enclin à la contemplation des ravins boisés, des torrents tumultueux et tout à fait inconscient de la poésie des plaines immenses.

Alors, pour passer le temps, il grignotait de petits morceaux secs de morue salée dont il était friand, même crus. Il en avait emporté toute une bourriche.

De cette bourriche posée dans le filet, se dégageait naturellement un parfum de salaison qui manquait de charme.

M. Méridien, malgré sa résignation aux incommodités, lui fit observer que sa morue sentait terriblement mauvais.

« Vous trouvez, patron, fit Mathurin, qui avait adopté ce vocable en s'adressant au savant, parce qu'il n'en trouvait pas de plus respectueux et affectueux à la fois ; il fallait donc le dire ! Je vas transporter le colis dans le compartiment d'à côté. Y a là justement un Boche dont la binette me déplaît... Je ne vois pas d'inconvénient à ce qu'il soit empesté, puisque, selon vous, ça ne fleure pas la rose... Moi, je ne m'en aperçois pas... »

Il alla donc déposer la bourriche à côté.

Mais dix minutes ne s'étaient pas écoulées que le Boche, dont les narines de bouledogue n'avaient pas tardé à flairer d'où venait l'insupportable odeur, la lui rapporta...

« Che fus temante pien barton, monsieur, mais quand on a des invections tans son pacage, on le garte avec soi.

— A moins, riposta le matelot, qu'il n'y ait, sous la même longitude, un escogriffe d'Allemand qui n'embaume pas non plus. Ma morue et toi, mon vieux Bismark, vous êtes faits pour voyager ensemble. Tu vas me faire le plaisir de remettre çà où tu l'as pris.

— Alors, fus ne fulez bas reprendre fotre invection ?

— Non, et non, et non.

— C'est bien. »

Le Boche ouvrit aussitôt la vitre du couloir et lança dehors la bourriche.

Jamais diable à ressort ne sortit de sa boîte aussi vite que Coadigou ne bondit de sa place.

Il se jeta sur le Teuton et lui administra une volée de première classe. Il fallut que M. Méridien et Wabingi déployassent tous leurs efforts pour le séparer de son adversaire, qu'il avait renversé sur le plancher et bourrait de coups de poing.

« Ça bombarde, Herr doctor ! c'est comme à Verdun ! » clamait-il, avec force trépignements et éclats de rire.

Le Germain, quand il trouve son maître, s'incline. Celui-ci n'insista pas et poussa même la prudence, au premier arrêt, jusqu'à changer de wagon. On ne le revit plus.

M. Méridien, dont la philosophie n'avait d'égale que l'esprit d'équité, dut rappeler Coadigou à l'ordre.

« Ce Monsieur n'était pas dans son tort...

— Ça se peut bien, mais pourquoi qu'il a expédié ma morue aux cinq cents diables? Et puis c'est un Boche... Ces types-là nous en ont fait bien d'autres, de misères.

— Et ça prouve, dit Agnès, que mon cousin saurait nous défendre si on était attaqués !... On a joliment bien fait de l'emmener avec nous.

— Le fait est, observa mélancoliquement Wabingi, qu'il connaît la boxe à fond. »

Et on n'en parla plus.

CHAPITRE VII

En arrivant à Edmonton, un fiacre automobile les conduisit au Calgary Hôtel, dans Bellamy street, où Wabingi, qui y était connu, avait retenu des places par le téléphone.

Comme il y avait des tapis partout, Mathurin, impressionné par ce luxe, voulut retirer ses chaussures un peu crottées, « pour ne pas abîmer le velours de la cambuse », disait-il.

Bien que son éducation mondaine fût loin d'être raffinée, mais quand même plus au courant des usages, Agnès l'en empêcha.

Le long parcours en chemin de fer les avait fatigués, et ils dormirent à poings fermés, dans des chambres confortables, bien chauffées.

Ce n'était pas une précaution inutile car, en ce commencement de novembre le froid pinçait déjà, et une couche de neige assez épaisse recouvrait le sol.

En outre, les matelas avaient de l'élasticité et les draps étaient de toile fine, si bien qu'encore une fois, notre matelot ne s'y comporta pas comme vous et moi.

Son épiderme, accoutumé à des tissus plus rudes, ne s'arrangea point d'un contact aussi doux, et tant il est vrai que l'habitude est une seconde nature, il dut remettre son caleçon de flanelle pour trouver le sommeil.

Dès la pointe du jour, le lendemain, le Peau Rouge, dont l'humeur paraissait plus souriante, maintenant qu'il se rapprochait de sa tribu, bien qu'on en fût encore loin, frappa à la porte de la chambre de M. Méridien.

« Entrez », répondit celui-ci, qui était en train de se raser.

Ce que voyant, l'autre lui dit :

« Vous prenez là une peine inutile ; dans les solitudes que nous allons parcourir, il n'y a pas de lavabos avec l'eau chaude à volonté. Ce serait toute une affaire de vous faire la barbe. Vous laisserez pousser la vôtre. Ça vous servira de foulard, et nous ne recevrons pas d'invitation à dîner. »

— C'est possible, reprit le savant, mais j'entends être soigné, même dans le désert.

« A ce propos, ajouta-t-il, je suis bien aise de vous voir. Est-ce que nous n'avons pas des dispositions spéciales à prendre, à nous équiper, en un mot ?

— Précisément, c'est pour cela que je suis venu vous trouver.

— A combien de jours estimez-vous la durée du trajet d'ici au lac du Grand-Ours, sur les bords duquel vous pensez retrouver votre tribu ?

— Une vingtaine au moins, peut-être un mois, si rien ne vient retarder notre marche.

— Diable ! un mois dans la neige, par un froid rigoureux !

— Le thermomètre peut descendre au-dessous de 50° Fahrenheit.

— Diable... Diable !... »

Un instant, M. Méridien hésita. C'était peut-être une grave imprudence d'aller plus loin.

L'Indien s'aperçut de son inquiétude.

« Vous pourriez peut-être rester ici à attendre les enfants. Eux ne se tiennent pas d'impatience d'entreprendre le voyage promis. Qui sait? Ils peuvent retrouver leur père. Je vous les ramènerai sains et saufs...

LA GROSSE AGNÈS, REVÊTUE DE SON COSTUME DE FOURRURE, OFFRAIT UN ASPECT RÉJOUISSANT

Il n'y a rien à craindre pour eux. Ils ont le sang chaud, ils sont bien constitués... Tandis que vous, à votre âge ! »

Le savant se ressaisit.

« Moi ! je suis bâti à chaux et à sable ; vous m'entendez, vous m'entendez bien, jamais je me séparerai d'eux.

— Mais votre bonne, une femme !

— Vous l'avez dit vous-même, c'est une forte squaw !!!

— Et le Coadigou... Il n'en était pas question quand nous avons quitté Paris. Ce sera une bouche de plus à nourrir, et il n'y a pas de restaurants le long de la route.

— Je le sais bien, mais ce sera aussi deux bras de plus pour nous aider et nous secourir en cas de besoin. »

Wabingi baissa le nez et se mordit les lèvres, tandis que M. Méridien, ayant regardé le plafond, comme pour y chercher une inspiration, reprit, en accentuant les mots :

« Je suis résolu à continuer avec tout mon monde. Occupons-nous des préparatifs.

« Dites-moi ? J'ai deux gilets de corps l'un sur l'autre et un bon pardessus de ratine, bien doublé. Les enfants sont chaudement vêtus. D'après la tournure d'Agnès, vous avez pu constater qu'elle a superposé plusieurs vêtements sur sa personne. Quant à Coadigou, on lui achètera un tricot pour mettre par-dessus le sien. Est-ce suffisant ? »

Son interlocuteur sourit de la naïveté du membre de l'Institut.

« Vous plaisantez ! Sous le climat redoutable que nous allons affronter, il faut être hermétiquement enveloppé. Chacun de nous doit être muni d'un complet en fourrure avec capuchon, de mocassins et de moufles de même sorte.

— On peut s'en procurer ici ?

— Chez Smith and Sons, Gasper Avenue, nous trouverons tout ce qu'il nous faut.

— Allons-y ! »

Wabingi les y emmena tous, et je renonce à peindre la gaîté des employés de Smith and Sons quand ils virent la grosse Agnès en culotte, sa face émerillonnée encadrée d'un capuchon poilu !

Cependant, elle ne fit pas trop de façons... On avait si chaud là-dedans ! Elle se borna à dire :

« Si la mère Michel me voyait attifée comme ça, j'en entendrais, mes amis ! »

Hervé et Bernard prirent des poses importantes, comme des explorateurs du pôle Nord devant l'appareil photographique d'un reporter, et Mathurin, en faisant claquer son pouce, s'écria :

« Tonnerre de Brest ! J'ai l'air d'une bête de ménagerie ! »

Suivant les conseils du Peau Rouge, M. Méridien procéda à d'autres emplettes.

D'abord, dans le même magasin, des couvertures en peau d'ours et des sacs de couchage ; puis, chez d'autres commerçants, les différents objets dont ils devaient être munis.

Des ustensiles de cuisine, légers, en aluminium, deux tentes de soie dont chacune ne pesait pas plus de trois livres, des gibecières en peau de narval.

Des chandelles de graisse d'ours et des briquets. Du thé, du café, des galettes de biscuit, des tablettes de pommes de terre desséchées, des comprimés de poudre d'œufs et du lard.

« C'est bien tout ? demanda M. Méridien.

— Vous oubliez le principal, dit Coadigou : du tabac en carotte pour ma chique.

— C'est vrai, et aussi pour ma pipe, reprit l'oncle, puisque j'ai cette mauvaise habitude.

— Et la mienne, fit Wabingi.

— Et pour mon calumet, ajouta Hervé ; on me permettra bien d'en tirer parfois quelques bouffées pour me réchauffer. »

Pourtant, sur l'observation de Wabingi qu'il ne fallait pas charger les traîneaux outre mesure, il fut convenu qu'on ne fumerait pas trop. Le nécessaire avant le superflu.

« C'est vrai, fit remarquer M. Méridien, il nous faut des traîneaux et des chiens. Où peut-on s'en procurer ? »

L'Indien assura qu'on en trouverait à Sawdrige, sur le Lesser Slave Lake, que l'on pouvait encore atteindre en chemin de fer, par un embranchement du Grand Trunk Railway.

Tous ces achats avaient singulièrement aminci le carnet de chèques de M. Méridien, et quand fut terminé l'approvisionnement, il ne put se retenir de soupirer :

« Ça coûte cher, les voyages... Mais, bah ! je ne puis mieux employer mes économies. »

Il n'était pas au bout, cependant, de ses dépenses. Il restait à acheter des armes.

« Vous croyez que c'est indispensable ? fit-il à Wabingi, avec sa candeur ordinaire.

— Pensez-vous que vous pourrez abattre d'un revers de main les bêtes que nous rencontrerons ?

— C'est vrai.

— Et carabines et revolvers ne seront peut-être pas inutiles... contre des bipèdes qui, eux aussi, seraient armés.

— Vous supposez que nous pouvons faire de mauvaises rencontres ?

— Ce n'est pas probable.

— Espérons-le !

— Mais c'est possible.

— Alors, allons chez l'armurier. »

Là, Hervé insista pour que son oncle lui payât un browning.

« Est-ce que tu sauras t'en servir, seulement ? Tu es capable de te blesser. »

Le jeune garçon, à l'âge où l'on ne doute de rien, eut un superbe mouvement d'indignation...

« Vous me prenez pour un enfant, tonton ! »

M. Méridien, toujours indulgent, lui tapota la joue et acheta le browning. Mais il résista aux supplications de Bernard, qui émit aussi la prétention d'en avoir un, et dont les yeux se remplirent de larmes quand on le lui refusa *mordicus*.

Pour le consoler, un magnifique couteau à quatre lames, sans compter une collection d'accessoires, ciseaux, tournevis, poinçon, lime, petite scie, etc... lui fut offert avec cette recommandation qui le mortifia :

« Surtout, prends garde de te couper ! »

Pendant que Wabingi faisait emballer leurs emplettes, puisque c'est seulement à Sawdrige qu'ils se transformeraient en trappeurs, M. Méridien, Agnès, Coadigou et les enfants visitèrent Edmonton.

C'est une cité neuve, dont les rues sont géométriquement tracées en damier, comme toutes ces agglomérations urbaines du Nouveau-Monde, surgies spontanément du sol, et dont le développement est extraordinairement rapide.

En 1871, Edmonton avait quatre mille habitants; il en a plus de soixante mille aujourd'hui.

Mais nul aspect pittoresque n'y éveille l'attention de l'étranger, et nos promeneurs ayant fait halte devant les palais de l'Université, du Parlement, le « Government House » et arpenté le Gold Links Park, sur la rive du Saskatchewan, ils rentrèrent

LES DEUX TRAINEAUX, TIRES PAR LES CHIENS, FILAIENT SUR LA SURFACE GELEE DU LESSER SLAVE LAKE

à l'hôtel, ayant récolté plus de fatigue que de plaisir.

D'autant plus qu'ils n'eurent pas chaud.

« Tout de même, opina Agnès, on ne pouvait pas s'offrir aux regards, travestis en orangs-outangs ! »

Ce fut donc quand le train les eut transportés à Sawdrige qu'ils enfermèrent leurs précieuses personnes dans les étuis fourrés, achetés la veille.

Agnès fit bien quelques difficultés pour porter des culottes, mais nécessité fait loi. D'ailleurs, elle conserva quelques illusions sur sa propre personne en constatant combien son petit Bernard était gentil sous son accoutrement.

« Tu as l'air d'un lapin angora, mon chou, ne cessait-elle de répéter. Et puis, au moins, tu n'auras pas froid comme çà ! »

Le choix des traîneaux fut une affaire délicate. On avait besoin d'appareils solides, commodes, bien construits pour la course. Il en fallait deux.

Nécessairement, on eut recours à l'expérience de Wabingi, et aussi pour l'acquisition des chiens.

Les traîneaux étaient de dimensions différentes. Le plus grand, et, par conséquent, le plus lourd, serait monté par M. Méridien, Agnès et Coadigou, chargé de le conduire. Il transporterait en outre, la plus grande partie des provisions et autres objets.

Le reste devait être arrimé sur le plus petit, piloté par l'Indien, et où les deux enfants se caseraient avec lui.

Ils avaient insisté pour ne pas être séparés de leur grand ami qui leur donnerait, le long du chemin, toutes sortes d'explications plus amusantes les unes que les autres.

Lui ne demandait pas mieux, et il approuva même la combinaison avec une satisfaction exagérée, qui eût éveillé les soupçons de M. Méridien, s'il n'eût été si naïvement confiant.

Les traîneaux acquis, il s'agissait de les munir de leurs équipages. Sept chiens pour le grand, cinq pour le petit.

Wabingi, sans marchander, puisqu'il puisait dans la bourse de M. Méridien, jeta son dévolu sur des Labradors, croisés avec des Huskies esquimaux, qui passent pour les meilleurs chiens de traîneau. Et il eut soin, pour chacun des attelages, de choisir deux bêtes particulièrement intelligentes et résistantes, devant y remplir l'office de chefs de file, de *leaders*, comme on les appelle.

L'un avait nom « Lightning » celui de son équipage, et celui de Coadigou, « Swalow ».

CHAPITRE VIII

« Mille millions de sabords ! On a oublié le principal ! »

Vous n'avez aucun doute, n'est-ce pas, sur celui qui s'exprima en ces termes énergiques... et maritimes.

Ce ne pouvait être que Coadigou.

Les traîneaux étaient attelés, les chiens aboyaient, sautaient, et Wabingi rassemblait les rênes quand retentit l'exclamation du marin.

« Oui, continua-t-il, on a oublié du tafia, autrement dit, une douzaine de bouteilles de rhum ou d'eau-de-vie... Y a rien de meilleur, en cas de besoin, qu'un grog pour se réchauffer... Je cours en chercher, espérez-moi.

— Si vous en rapportez douze, lui cria l'Indien, j'en jette six... Ça n'a pas de bon sens. Nous ne pouvons pas augmenter notre poids indéfiniment. »

La menace était formelle. Coadigou ne rapporta que six flacons.

Les fouets claquèrent et en route pour les déserts de neige ! On allait s'enfoncer dans des contrées solitaires, sans villes, sans habitants permanents, et dont les emplacements sur les atlas sont presque vides de noms.

Elles s'étendent depuis la Colombie britannique, les provinces canadiennes de l'Alberta, du Saskatchewan et du Manitoba, jusqu'aux rives de l'Océan Arctique. A gauche, c'est l'Alaska (qui appartient aux Etats-Unis) ; à droite, la baie d'Hudson.

Ouvrez l'atlas, et vous n'y trouverez que des indications très espacées de lacs, de rivières, de montagnes, et aussi de quelques ports, situés à des distances considérables les uns des autres.

Les deux traîneaux, Wabingi en tête, s'engagèrent sur le Lesser Slave Lake, dont la glace, déjà épaisse, était capable de les supporter.

Les chiens tiraient à plein collier : on entendait le crissement précipité de leurs pattes sur la surface polie du lac et le sifflement des glissoires, mêlés aux claquements joyeux des fouets.

« Ehahayaha ! Ehyohooo ! Va, Lightning, va, va ! » vociférait le Peau Rouge, en s'adressant au Labrador, attelé en flèche devant les trois autres paires.

Et, derrière lui, sur le ton chantant d'un fils de Bretagne, à grand renfort de mots différents qui n'appartenaient pas au vocabulaire du Nordthland, Coadigou clamait des encouragements à son chien de tête :

— Hue donc, ma vieille, hip, hip, hourrah... Plus vite, plus vite !... Saint-Malo !

Ne pouvant se fourrer le nom de Swalow dans la tête, il l'arrangeait à sa façon.

Les enfants, bien emmitouflés et grisés par la vitesse, battaient des mains et lançaient des cris joyeux.

Chez Agnès, la satisfaction de voler comme un oiseau était mitigée par la crainte de verser.

Pour M. Méridien, juché sur un ballot auquel il se cramponnait par prudence, il se laissait aller délicieusement à un mouvement de balancier.

Jamais les plus beaux succès de sa longue et brillante carrière de savant ne l'avaient pareillement enchanté. Jamais il n'avait eu autant conscience de son puissant amour pour la géographie qu'en ce moment, plein de couleur locale, où il s'élançait vers ces régions si peu connues, sur lesquelles ses collègues de l'Institut n'avaient que de vagues données.

Il se sentait un type dans le genre de Livingstone, pénétrant dans le centre de l'Afrique, température mise à part.

Ce n'était pas encore la solitude. De loin en loin, on croisait des équipages ou des piétons qui, chaussés de souliers à raquettes, filaient en sens inverse, avec des allures d'express.

Au passage, on échangeait des saluts bruyants : « Good by ! Bon voyage ! All right ! »

Cependant, le soleil, qui brillait à leur départ, allumant des flambées d'argent sur la glace ne tarda pas à disparaître sous des nuages gris.

Et voilà que des flocons de neige, menus, dégringolèrent du ciel. Une sorte de poudrin qui les frappait au visage et leur piquait les yeux.

Agnès profita de l'occasion pour commencer à geindre...

« Qu'est-ce que nous faisons là ? grognait-elle... J'voudrais bien être devant une casserole en train de ronronner, là-bas, sur mon fourneau de cuisine.

— Taisez-vous donc, ma fille... lui dit M. Méridien. Un voyage comme le nôtre, ça n'est pas banal... Vous aurez des souvenirs à raconter à vos amies et connaissances.

— Oui, si je n'en meurs pas...

— Mais non, mais non, vous en supporterez bien d'autres...

— Dans ce cas-là, j'aime mieux donner ma démission...

— Il est un peu tard... Allons ! Ne vous faites pas de bile, ma bonne Agnès, ça n'avance à rien. »

Leur entretien fut interrompu par cette réflexion de Coadigou, qui sortit violemment de ses lèvres :

« Ah ! la satanée neige ! On n'y voit goutte.

— Vous n'avez qu'à suivre le traîneau de Wabingi.

— Vous en parlez à votre aise, patron... Il pousse ses chiens comme un furieux... Je l'entendais, tout à l'heure, qui hurlait à pleins poumons sa ritournelle de charabia : « Yayapatati, patata... Yoyopatato ! » Tout à l'heure, je distinguais encore l'arrière de son char à bancs... à présent, nisquette... On ne peut pas bien se rendre compte dans cette maudite brume... mais au jugé, je vous soutiens qu'il gagne du terrain sur nous...

« Tenez... Ecoutez, c'est à peine si ses cris de sauvage viennent jusque par le travers de notre embarcation... »

M. Méridien tendit l'oreille... La voix de l'Indien allait en s'éloignant... Une inquiétude le prit, qui se changea en angoisse quand Coadigou eut dit :

« Il veut nous lâcher !

— Quelle idée... C'est invraisemblable ! »

Il devint tout pâle.

« Les petiots ! gémit Agnès, nos pauvres petiots ! »

M. Méridien frissonna. La pensée des enfants qui s'en allaient ainsi, seuls, avec le Peau Rouge, le mit hors de lui !

Est-ce que ce sauvage, en qui il avait confiance ?... Est-ce que ?... Il eut peur de préciser ses soupçons et, secouant Coadigou :

« Fouettez... criez... enlevez vos chiens !... Il faut le rattrapper, coûte que coûte ! »

Alors le marin se leva, raidit ses jarrets,

tendit son torse et, faisant tournoyer son bras droit, il communique un élan formidable à la lanière de son fouet et, dix fois, vingt fois, cinquante fois, en cingla l'échine des Labradors.

Leur galop redoubla... Ils se ruaient dans l'air opaque comme des démons...

« Oh ! oh ! plus vite, plus vite, les cabots ! »

Tout à coup, devant eux, une forme confuse se dessina, comme ouatée dans l'air opaque... l'arrière du véhicule de Wabingi...

« On les a, on les tient !... Attends-moi ! C'est moi, le Mathurin ! »

Mais le traîneau du Peau Rouge continuait sa course fantastique. Les rires et les cris de joie d'Hervé et de Bernard, amusés par ce train d'avalanche, résonnaient dans la brume.

Alors, Coadigou, ramassant toute sa volonté et, abattant son fouet comme un furieux, amena son traîneau à la hauteur de l'autre et le dépassa.

On le vit se pencher sur la droite et abattre sa main, avec un mouvement de faucheur sur les traits tendus derrière le leader. Il les coupa.

Le chien, ne sentant plus rien à la traîne, fit encore quelques bonds, puis s'arrêta... Ses compagnons de harnais qui, d'instinct, réglaient leur marche sur la sienne, stoppèrent aussi.

Wabingi, subissant le contre-coup de ce mouvement brusque, fut projeté en avant et roula dans la neige.

Il se releva sans aucun mal, pour se trouver devant Coadigou accourant auprès de lui, n'ayant pas eu trop de peine à modérer ses animaux qui avaient également ralenti, par esprit d'imitation.

« Dites donc, vous, fit-il à l'Indien, ça n'est pas bien poli, quand on voyage de compagnie, de chercher à semer les camarades... »

On sentait qu'il ne disait pas tout ce qu'il pensait.

Agnès, à laquelle ses mollets engourdis n'avaient pas permis de se déplacer avec autant de rapidité que le cousin, vint à la rescousse :

« Vous n'êtes qu'un brutal, de taper pareillement sur des créatures du bon Dieu. »

Puis, s'adressant aux enfants qui, enfouis dans le fond du traîneau, au milieu de couvertures, avaient résisté au contre-coup et étaient restés en place :

« Vous devez être morts de peur, mes pauvres chéris. »

Mais non ! Ils déclarèrent qu'ils étaient enchantés, et Bernard ajouta :

« On se croyait dans un avion, à trois cents kilomètres à l'heure.

— C'est à supposer, reprit la servante, que vous vouliez nous laisser en plan. »

Elle roulait des yeux terribles vers Wabingi.

Celui-ci, droit, immobile, maître de lui, restait muet.

M. Méridien, ennemi des complications, craignant que les événements ne prissent une mauvaise tournure, fit poliment cette remarque :

« Nous sommes surpris que vous ayez mené si rondement vos chiens. Vous deviez bien penser que ce brave Coadigou, qui est marin de son état, n'a pas l'habitude de conduire...

— Faites excuse, patron, interrompit celui-ci, m'est avis que je viens de prouver le contraire.

— En effet, reprit l'Indien, mais j'aurais voulu vous voir à ma place. Mes Labradors s'étaient emballés. Une autre fois, je me méfierai. Si vous n'aviez pas eu l'adresse de couper les traits au vol, vous n'auriez jamais pu nous rattraper. Je suis bien contrarié de vous avoir donné de l'inquiétude. »

Le bon M. Méridien accepta l'explication sans broncher.

« Il me vient une idée qui n'est peut-être pas mauvaise, fit bonassement Coadigou. C'est moi qui conduirai le traîneau n° 1, à l'avant-garde, avec les petits Messieurs à mon bord. Vous, maître Wabingi, vous tiendrez la barre n° 2, ayant pris comme passagers le patron et la cousine, avec les bagages... De cette manière-là, vous serez pesants, et vos toutous ne s'emballeront pas. On ne sera jamais bien loin l'un de l'autre. Vous avez une grosse voix qui sonne comme la cloche de Pont-Labbé-Lambour. Si je me trompe de direction, vous me remettrez dans le bon chemin, et je vous obéirai dare-dare... Je ne suis pas contrariant de ma nature.

— A votre disposition », répondit Wabingi.

Sans doute, il renonçait à ses plans, car il n'était pas douteux que cette tentative d'échappée semblait suspecte ; surtout si l'on se reporte à ses instances précédentes pour être accompagné seulement des enfants.

Son apparence de sincérité convainquit M. Méridien, disposé à tout voir par le bon côté.

Agnès ne partageait pas cette conviction, ni Coadigou, qu'elle approuva complètement quand il lui fit part de son intention « d'avoir le citoyen à l'œil ».

Toutefois, par la suite, et peut-être à cause de cela, le Peau Rouge n'essaya plus de séparer ni Hervé ni Bernard de leurs protecteurs.

On avait des traits de rechange. On remplaça ceux coupés.

La caravane se remit en route et acheva la traversée du lac.

A l'endroit choisi pour la halte du soir, sous un bois de sapins rabougris, avant que la nuit ne fût complètement venue, on dressa les deux tentes bout à bout, de manière à ce qu'on pût communiquer de l'une à l'autre, et l'on étendit des peaux sur le sol, en ménageant une place pour le feu.

Bientôt, des bûches de bois sec, ramassées aux alentours, que l'Indien alluma en battant le briquet, échauffèrent la température intérieure.

Ils en éprouvèrent tous une sensation de bien-être qui les ragaillardit, un peu mitigée par l'ennui d'être copieusement enfumés...

Coadigou, habitué à l'air pur du large, ne cessait pas d'éternuer. Agnès se frottait les yeux en maugréant qu'elle avait un cent d'aiguilles sous les paupières...

« Sans doute, ça ne vaut pas le chauffage central, mais attendez un peu. Quand le feu sera bien pris, l'inconvénient va disparaître », opina M. Méridien.

Les enfants, eux, tout au plaisir d'être bien à l'abri, sous une tente, comme ils en avaient rêvé tant de fois en lisant des récits de voyage, ne furent pas incommodés.

Hervé proclama qu'il avait faim.

« Quel est le menu du dîner ? demanda-t-il.

— Un civet », reprit Wabingi.

Ce qui provoqua cette réflexion fort judicieuse du marin :

« Pour faire un civet, faut un lièvre.

— Avant un quart d'heure, vous en aurez un. J'ai tendu un piège à cinquante pas d'ici pendant que vous déchargiez les traîneaux, et je serais surpris qu'il ne soit pas déjà étrenné... Je vais voir. »

Il revint bientôt, tenant par les oreilles un magnifique lièvre qui se débattait encore dans les dernières convulsions.

« Oh ! il est tout blanc, s'écria Bernard.

— Oui, blanc comme le sol de nos contrées, reprit l'Indien... Le Grand Esprit lui a donné le poil d'une hermine pour qu'il se confondît avec la neige et pût ainsi échapper plus facilement au fusil du chasseur, mais le chasseur est malicieux et a inventé les lacets.

« Voici le moment, mademoiselle Agnès, d'exercer votre talent de cuisinière. Je mets la marmite sur le feu. »

Il la suspendit au-dessus des flammes pendant qu'Agnès dépouillait la bête de sa peau et la hachait en morceaux.

En même temps, elle murmurait :

« Ça ne va pas être fameux. Ça a besoin, pour être bon, de mijoter sur le gaz, avec du thym, du persil, des champignons et trois cuillerées de vieux vin... Tel quel, ça aura goût de bœuf bouilli. »

Mais l'appétit rend les estomacs indulgents.

Ce ragoût de lièvre, qui ne rappelait un civet que de loin, fut proclamé excellent.

On jeta ensuite, dans la même marmite, quelques poignées de neige qui se transforma en eau, pour la rincer d'abord, et, ensuite, y infuser du thé qu'ils absorbèrent brûlant, ce qui acheva de les mettre en liesse.

Ils devisaient fort agréablement autour du foyer quand Agnès, qui venait d'entr'ouvrir la tente pour jeter dehors les reliefs du souper, poussa un cri de terreur en tombant lourdement sur sa base...

« Y a quelqu'un ! répétait-elle... quelqu'un, là, qui nous guette ! » Et son doigt tendu désignait l'extérieur.

La conversation s'arrêta. Les hommes se mirent debout, tirant les brownings de leur ceinture.

« Vous devez vous tromper... C'est la brise de nuit dans les sapins, dit le Peau Rouge... On croirait le frôlement d'un corps à travers les broussailles... J'y ai été pris plus d'une fois.

— Je suis sûr d'avoir vu deux yeux qui me fixaient, deux yeux de démon. »

Tout en parlant, la grosse servante tremblait de la tête aux pieds...

« J'en suis sûre, il y a quelqu'un ! »

Hervé et Bernard s'étaient réfugiés derrière M. Méridien dont le front grave dénonçait la préoccupation.

Coadigou s'avança.

« Ne bougez pas, je vais regarder... »

Il passa sa figure dans l'interstice de la tente, mais la rentra sur le champ.

« C'est tout d'même vrai... Y a quelqu'un... Et le particulier a des prunelles qui luisent dans le noir comme des charbons... Ça me gêne... On ne peut pas souffrir qu'il reste à nous épier tout le temps, sans compter qu'il y a peut-être d'autres gredins de son espèce à rôder par là... Ecoutez, patron, mussez-vous sous les couvertures avec les petits Messieurs et la cousine. Une supposition qu'ils auraient la fan taisie de nous canarder... Maître Wabingi et moi, on va monter à l'abordage. »

M. Méridien protesta.

Dans le fond, il n'en menait pas large. Mais il devait à son prestige de n'en rien laisser paraître.

« Nous sommes tous égaux devant le danger, je vous suis.

— Moi aussi, dit Hervé », dont l'âme était bien trempée.

Agnès et Bernard, qu'elle serrait convulsivement contre elle étaient déjà enfouis sous les fourrures; le plus drôle c'est que la grosse personne, tout en claquant des dents, cherchait à rassurer l'enfant.

« N'aie pas peur, mon chéri. Le tonton et mon cousin vont nous défendre... Moi je suis bien tranquille ».

Comme Coadigou, plein d'impétuosité, s'élançait déjà, entraînant M. Méridien et Hervé dans son sillage, Wabingi, qui n'avait rien perdu de sa sérénité, l'arrêta.

« Restez en réserve... J'y vais tout seul d'abord... Je vous appellerai, s'il y a lieu...

Il prit dans le feu un tison ardent et sortit de la tente, en rampant.

Quelques minutes s'écoulèrent...

Nos trois amis, pour être prêts à s'ébranler de la même manière, s'étaient mis à quatre pattes...

Ils écoutaient, anxieux, retenant leur respiration, prêts à répondre au premier appel.

Le silence se prolongeait.

Coadigou trépignait d'impatience. Il n'y tint plus et fouilla l'obscurité.

Les prunelles incandescentes avaient disparu.

Seul, l'Indien, debout au milieu de l'ombre, agitait son tison dont la lueur l'éclairait et d'où jaillissaient des milliers d'étincelles.

Un instant après il était de retour...

« Inutile de vous déranger, leur dit-il... Ce bout de bois enflammé a suffi pour mettre l'ennemi en fuite.

— Comment cela, s'écrièrent d'un commun accord, le savant, le marin et le jeune garçon ?...

— Parce que, ainsi que je m'en doutais, les yeux foudroyants, les yeux terrifiants qui vous ont bouleversée, Mademoiselle Agnès, étaient tout simplement ceux d'un hibou des neiges.

— Ces oiseaux-là sont donc pareils aux chats qui ont du phosphore dans les mirettes, fit Coadigou.

— Absolument, et je savais que la lumière les effraye et qu'ils décampent à son approche, de même que toutes les bêtes sauvages. C'est pourquoi je me suis muni de ce tison. »

Et Agnès, qui avait risqué le bout de son nez hors des fourrures, en entendant ces explications qui s'adressaient à elle, se remit dans la posture verticale pour accabler l'Indien d'apostrophes virulentes et conclure ainsi...

« Vous auriez bien pu le dire plus tôt... quand on a pour deux sous de cœur, on ne laisse pas une femme et des enfants dans des transes aussi cruelles. »

Wabingi ne s'en émut pas. Il se contenta de répondre courtoisement...

« Je me doutais que c'était un hibou, mais je n'en étais pas sûr. Donc ne me gardez pas rigueur. Je vous souhaite le bonsoir... Couvrez-vous bien, dormez tranquillement. Je vais aviver le feu pour que vous ne souffriez pas du froid ! »

CHAPITRE IX

Sous le ciel d'un gris de fer, à perte de vue, la plaine immense et blanche, sans un arbre, sans un toit, sans un monticule qui pût servir de point de repère, s'étendait jusqu'à l'horizon que l'aube teintait de rose...

Minuscules par rapport à cette étendue, pareils à des jouets d'enfants les deux traîneaux filaient sur la neige durcie.

A part Coadigou qui, debout pour mieux exciter ses chiens et les fouailler, conduisait le premier traîneau et le Peau Rouge, dont la haute silhouette se dressait à l'avant du second, on ne distinguait sur les deux qu'un amas de peaux, tellement les voyageurs en étaient enfouis sous les fourrures.

Le froid piquait dur.

Agnès avait bien garni sa chaufferette de charbons pris au foyer que Wabingi avait entretenu toute la nuit sous la tente, mais ils s'éteignaient peu à peu.

« J'ai les pieds glacés ! geignait-elle... C'est dommage qu'on ne puisse pas se procurer du charbon de Paris par ici. En voilà un vilain pays.

— Je ne trouve pas, reprenait M. Méridien, maintenant son compagnon de traîneau... Regardez donc autour de vous, ma bonne fille. Est-ce assez impressionnant cette solitude vierge...

— C'est peut-être bien votre goût, mais ce n'est pas le mien. J'aime mieux voir passer du monde et je préfère la verdure...

— N'y comptez pas dans cette saison. Savez-vous que nous sommes ici à peu près par 60° de latitude Nord ?

— Je n'ai jamais entendu parler de cette habitude là...

— Je n'ai pas dit habitude, mais latitude...

— Si vous ne parlez pas français, je n'y comprendrai goutte... Et d'ailleurs, ça me refroidit jusque dans le fond de la gorge d'ouvrir la bouche... Vous ne voyez donc pas que notre respiration gèle à mesure qu'elle sort. Si on continue de bavarder il va bientôt nous pendre des aiguilles de glace au menton, comme aux statues des fontaines de la place de la Concorde, dans les mauvais hivers.

— Vous ne semblez pas de bonne humeur, Agnès, aujourd'hui.

— Ni aujourd'hui, ni hier, ni demain. »

Comme M. Méridien, d'une part, n'ignorait pas qu'il n'y avait aucun agrément à retirer d'un entretien avec sa servante, quand elle était grincheuse, mais que d'autre part, il était habituellement loquace, il la laissa ruminer ses grogneries en silence et changea de partenaire.

Il toucha le coude de Wabingi qui lui tournait le dos, pour attirer son attention.

« Vous devez être content, lui dit-il, de rentrer chez vous après cette longue absence... »

Il comprit, au frémissement des épaules de l'Indien qu'il avait touché juste.

« Voici quatre grands mois que j'ai quitté les miens.

— Cela signifie que vous êtes enchanté de rejoindre votre tribu.

— Oui, enchanté...

— Vous avez hâte d'embrasser vos vieux parents.

— Il n'en reste que le souvenir dans mon cœur. Mon père a été tué par des hommes de race blanche, de votre race... Ma mère en est morte de chagrin.

« Mais c'est votre droit, paraît-il, à vous, les civilisés d'envahir le domaine de ceux que vous appelez des sauvages !

— Hélas! soupira M. Méridien, la loi du plus fort... Au moins votre femme vous attend avec impatience...

— Ma femme s'est endormie pour toujours.

— Vos enfants, alors ? »

A cette question du savant, Wabingi, au lieu de satisfaire immédiatement à sa curiosité, tendit son torse, fit claquer son fouet plus fort, et comme s'il eût voulu dissimuler une émotion violente, lança d'une voix stridente son cri d'appel aux chiens...

— Ehahayaha! Ehoyohooo!

M. Méridien, s'apercevant du trouble qu'il avait causé, s'excusa...

« Pardonnez-moi si je vous ai chagriné sans le vouloir... Sans doute aussi vous les avez perdus. »

L'Indien reprit presque durement :

« Je vous en prie, ne m'interrogez plus. Vous me donnez des distractions qui m'empêchent de pousser mes chiens comme il faudrait... Nous n'avançons guère. D'ailleurs, ils n'ont rien mangé hier, et si endurants qu'ils soient, je m'aperçois qu'ils en ont besoin... Voyez-vous là-bas cette ligne sombre... C'est une forêt ; nous nous y arrêterons... je tâcherai d'y tuer un caribou; nous nous régalerons des meilleurs morceaux et jetterons les autres à nos Labradors. »

Dans le traîneau de tête, que menait Coadigou on bavardait ferme aussi et gaîment.

Les enfants riaient aux éclats des propos joyeux du Breton.

« Si on t'avait dit, ce mois dernier, faisait-t-il, mon vieux Mathurin, que tu deviendrais cocher de chiens et que tu conduirais une guimbarde sans roues, dans une campagne qui est censément comme une feuille de papier où qu'il n'y a rien d'écrit dessus, t'aurais répondu : Ça n'est pas croyable!

« N'est-ce pas, mes petits Messieurs, que je ne suis pas trop maladroit, pour un novice ?

« Ce qui me chiffonne, c'est que je ne peux pas me loger dans le fin fond du crâne le nom du caniche de flèche... Hier, j'avais Saint-Malo, ou quelque chose d'à peu près... Aujourd'hui, comment donc qu'il s'appelle, celui-là?

— Lightning, lui dit Hervé...

— Merci mille fois, mais il n'y a plus personne, quand il s'agit de prononcer leur patois.

« Après tout, je m'en moque... J'vas l'appeler Azor...

« Hue ! Azor... Débrouille-toi, mon fils! »

Mais, malgré ses encouragements les chiens n'avaient plus la même ardeur...

« Ils ont les pieds nickelés, s'écria le jeune Bernard enchanté de placer cette phrase d'argot parisien.

— C'est parce qu'ils sont à jeun depuis vingt-quatre heures, les pauvres bêtes », répondit Coadigou, presque à l'instant où sur l'autre traîneau Wabingi le constatait aussi.

Du reste, une demi-heure après, tandis qu'ils longeaient de grands sapins rougeâtres, un appel retentit derrière eux.

« Stop, Monsieur Coadigou, stop! »

C'est un terme de marine qu'il n'eut pas de peine à saisir.

Il arrêta l'attelage et enleva les harnais des chiens qui se couchèrent sur la neige, la langue haletante et de leurs yeux intelligents parurent exprimer cette supplique...

« Donnez-nous donc la pâtée... »

L'Indien alla de l'un à l'autre flattant leurs têtes...

« Patience... Vous aurez mieux que cela; chacun une belle portion de caribou que nous allons tuer...

— Est-ce encore une espèce de lièvre ? interrogea le marin.

— On en ferait vingt avec un, reprit l'Indien... Chez vous, ça se nomme des rennes...

— Ah j'y suis, des manières de cerfs. Vous croyez qu'il s'en trouve dans les environs.

— J'en suis sûr... Regardez. »

Il leur montra sur la neige des empreintes de sabots écartés, dont le centre était piqué de points... les traces des poils raides que ces animaux ont sous les pieds pour les empêcher de glisser.

« Comme la nature est prévoyante et tutélaire, proclama M. Méridien avec une certaine importance. Puis, revenant à la question. Est-il nécessaire que nous allions tous à la chasse? Autrement j'aimerais mieux, quand les tentes seront installées et le feu allumé, rester à griller mes genoux qui sont ankylosés...

— Oui, restez, notre maître... je vous ferai une tasse de thé bien chaud », intervint Agnès.

Et Wabingi approuva:

« Cela vaudra mieux, en effet. J'irai seul à l'affût..

— Avec moi, fit Hervé, j'en meurs d'envie.

— Et moi, ajouta Coadigou, qui cligna de l'œil du côté du savant; cela signifiait : Vous êtes de mon avis, n'est-ce pas? Il ne faut pas lui confier notre jeune homme. »

Bernard émit aussi la prétention d'être de la partie, mais Agnès le persuada d'y renoncer...

« Tu vas voir, mon ange, comme on sera bien tous les deux, à nous rôtir au coin du feu, avec tonton. On fera une partie de bataille à trois... J'ai des cartes dans mon sac et je te donnerai un bâton de réglisse... Ça t'empêchera de t'enrhumer. »

Car on pense bien que le fameux sac en tapisserie, qui contenait tant de choses précieuses, avait suivi sa propriétaire.

Les trois chasseurs s'éloignèrent, avançant avec précaution et se dissimulant de leur mieux, derrière les troncs des grands sapins.

Hervé, auquel on avait confié un fusil, se tenait à quatre pour ne pas crier sa joie.

Ils se suivaient à la file, courbés en deux et se faisant le plus petits possible.

Le Peau Rouge, qui ouvrait la marche, au bout d'un quart d'heure de cheminement sous les branches, se retourna, un doigt sur les lèvres... Ils s'arrêtèrent.

Non loin d'eux dans une clairière, trop loin cependant pour la portée de leurs fusils, une dizaine de caribous creusaient la neige, afin de mettre à nu des touffes de lichen, une nourriture aussi maigre suffit à ces animaux, les plus sobres de l'univers.

Parfois campés sur des jambes trapues, ils dessaient leurs têtes surmontées de bois à plusieurs branches aux palmures aplaties et de leurs larges naseaux flairaient le vent. Puis ils se remettaient à l'ouvrage.

Par gestes, Wabingi indiqua à ses compagnons de se transporter l'un au nord, l'autre au sud de la clairière, lui restant sur place. Ils s'y glissèrent avec mille précautions...

Mais le sort parfois déjoue nos plans les mieux combinés et souvent de petites causes produisent de grands effets.

C'est ce qui arriva...

Comme il se rendait à son observatoire un malencontreux picotement dans le larynx de Coadigou engendra un besoin de tousser irrésistible... Ce ne fut pas grand chose... Deux légers « Hum... Hum » qu'il étouffa de son mieux.

Mais cela suffit pour donner l'alarme aux caribous...

Le plus vieux, le chef du troupeau dressa le cou, bramant, et bondit, entraînant les autres.

Or, tous détalèrent dans la direction du

UN GROUPE DE CARIBOUS APPARUT AUX YEUX DES CHASSEURS

matelot, avec une telle rapidité qu'il n'eut pas le temps de se mettre en sûreté derrière un sapin et qu'il se trouva juste sur le passage de la harde, nez à nez avec celui des animaux qui l'entraînait.

Alors, on le vit tourbillonner en l'air, soulevé comme un brin de plume sur les ramures de la bête, et après avoir exécuté une double pirouette, retomber lourdement à terre et demeurer inerte !

Le caribou qui l'avait si violemment projeté en l'air, croyant sans doute qu'il y avait d'autres chasseurs embusqués de ce côté, fit volte-face et reprit sa course dans la direction opposée, là où se tenait Hervé.

Toute la bande pivota sur elle-même et se rua, en sens inverse, telle une tornade tumultueuse.

Le jeune garçon ne perdit pas son sang-froid, s'abrita derrière un tronc, mit en joue posément et au moment précis où la harde defilait devant lui fit feu. Une des bêtes roula dans la neige, atteinte en plein poitrail.

« Bravo ! » s'écria l'Indien, enthousiasmé de la présence d'esprit et de l'adresse d'Hervé... Tous les deux accoururent auprès du grand corps étendu, dont les jambes se raidissaient déjà.

« Pour tes débuts, mon ami, tu as fait un coup de maître...

— Mais où donc est Coadigou ? » demanda Hervé.

Ils examinèrent le sous-bois à la ronde et l'aperçurent étendu de son long, sans mouvement.

« Il m'avait semblé aussi, fit l'Indien, que les animaux, avant de revenir sur leurs pas, l'avaient frôlé de près.

— Mon Dieu ! Pourvu qu'il ne soit pas blessé. »

Ils coururent près de lui.

Il était immobile, les paupières closes et un filet de sang coulait au coin de sa bouche...

« Mon Dieu ! Mon Dieu !... » ne cessait de répéter Hervé.

Wabingi s'agenouilla et colla son oreille contre son cœur...

« Il n'est pas mort... Vous allez m'aider à le transporter sous la tente, un cordial le ranimera... »

Au même instant le matelot se dressa sur son séant.

« Je vous entendais bien, fit-il, mais j'étais encore assommé et je n'avais pas la force de parler ou d'ouvrir l'œil... Ça va mieux... Ah! quelle secousse, mes enfants ! »

Il se frotta les côtes, tâta chacun de ses bras l'un après l'autre et se palpa les jambes.

Je crois qu'il n'y a rien de cassé... Vous n'aurez pas besoin de me véhiculer comme un paquet de chiffons... En voilà des démons que vos caribous! Je ne lui demandais pas l'heure qu'il est à cette espèce de bœuf qui m'a envoyé faire un petit tour dans les airs. »

Il se mit péniblement debout, mais resta courbé, dans l'impossibilité de tendre ses reins.

« Je ne serais pas pire si j'avais reçu cent coups de trique... »

Il essaya de faire quelques pas, mais dut s'arrêter bientôt...

« Ah dame, y aura nécessité de remettre un peu d'huile dans la machine... Pour l'heure je ne pourrais même pas naviguer à la voile. Soutenez-moi tous les deux. Je vais tâcher de rallier le port, en godillant.

— Vous n'avez pas de douleurs internes, lui demanda Hervé ?

— Internes ? Je ne comprends pas...

— Vous ne souffrez pas en dedans... fit l'Indien? Vous saignez de la bouche?

— Je sais ce que c'est... Ne vous inquiétez pas. Je me suis mordu la langue quand le damné animal m'a si proprement carambolé... Il y avait de quoi, est-ce pas!... Mais remorquez-moi jusqu'à la tente? Je n'ai pas chaud et j'ai besoin de m'étendre sur quelque chose de doux. »

Agnès fut bien navrée en voyant le cousin si dolent... Elle le soigna de son mieux, mais l'accident les immobilisa pendant trois jours. Coadigou n'était pas en état de reprendre son rôle de conducteur de traîneau.

Ce contre-temps parut singulièrement indisposer le Peau-Rouge qui, dans sa langue, donna libre cours à son irritation.

M. Méridien, sans le comprendre devina combien il était mécontent.

« En effet, lui dit-il, c'est fâcheux. Cela retarde le moment où vous aurez la joie de revoir votre monde.

— Oui, reprit-il sourdement. Sans compter que d'ici là, il se peut que nous soyons exposés à d'autres dangers. Ceux qui menacent les voyageurs du Northland sont nombreux. Et plus on est, plus on court de risques.

« Vous avez eu tort d'emmener avec nous ce Coadigou... On se serait arrangé autrement pour diriger le second traîneau... A la rigueur, nous pourrions tous nous caser dans un seul.

« Je vous entends me dire, en parlant de cet homme : « Ce sera deux bras de plus pour nous aider... » Actuellement ça fait deux bras et deux jambes de trop pour nous retarder, puisqu'il est incapable de s'en servir... Si je vous plantais là!

— Vous en êtes incapable ; je suis sûr de votre loyauté... reprit M. Méridien, devenu blême, tandis qu'au contraire une rougeur colorait les pommettes jaunes de l'Indien qui répondit:

— Soyez sans crainte... » et il ajouta, à voix basse, se parlant à lui-même : « A cause des enfants ! »

On employa ces loisirs forcés à dépecer le caribou, dont les meilleurs morceaux furent réservés pour leur propre nourriture, tandis qu'on abandonnait le surplus aux chiens.

Affamés, ils se jetèrent avec impétuosité sur la viande sanguinolente. Ils la déchiraient gloutonnement, avec des grondements rageurs et se la disputaient à coups de crocs. Ce ne fut pas long et il ne resta bientôt qu'une grande flaque écarlate sur la neige.

Pour assurer leur nourriture durant les jours suivants et pourvoir aussi à sa propre alimentation et à celle de ses compagnons Wabingi, n'ayant pas revu de caribous, abattit quelques blaireaux, renards et martres.

La chair n'en est pas fameuse; aux repas où l'on devait s'en contenter, Agnès, fulminait contre cette contrée du diable, où il n'y avait pas moyen de se procurer le moindre rôti de veau; elle boudait au plat et préférait grignotter un biscuit sec, assaisonné de pastilles de menthe.

Coadigou, auquel ses courbatures n'avaient pas coupé l'appétit, dévorait les chairs les plus coriaces. L'Indien lui joua le tour de lui servir du skunk, dont le pelage est recherché, mais dont l'odeur est une des plus nauséabondes qui soit... Il l'avala sans broncher.

Si Wabingi s'énervait de ne pouvoir continuer immédiatement la route, M. Méridien prenait goût aux distractions cynégétiques, ainsi qu'il avait coutume de dire dans son langage châtié, et Hervé à l'affût du raton laveur ou du vison n'était pas plus heureux que Tartarin s'imaginant chasser le lion.

Quant à Bernard, malgré qu'on eût refusé de lui mettre un fusil entre les mains, qu'il n'aurait pu porter d'ailleurs, il s'en consolait en tendant des lacets, selon la méthode indienne.

Il y prit une hermine. Quel bonheur! Il s'en fut de suite, en gambadant, la porter à Agnès!

« Est-elle belle, Nénette ! Tu en feras un tour de cou pour sortir le dimanche... » Et Nénette fut touchée de cette attention jusqu'aux larmes, mais ce qui tripla sa joie ce fut une pensée qu'elle traduisit ainsi :

« La mère Michel en attrapera la jaunisse! »

Enfin, Coadigou ayant repris l'usage de ses membres, le quatrième matin après leur halte en ce lieu, il rechargèrent les traîneaux et reprirent la direction du nord.

Ce jour-là il faisait un beau soleil, ce qui n'empêchait pas le thermomètre Fahrenheit de marquer 30 degrés au-dessous de zéro.

C'est dire que les nez de nos voyageurs ressemblaient à des rubis et que les traîneaux avaient l'air d'être à vapeur, tant leurs souffles se condensaient en nuages, sous l'influence de cette température sibérienne.

Mais des rayons, si peu ardents qu'ils soient, bannissent la mélancolie du cœur de l'homme

Bernard et Hervé en devenaient plus bavards, ce qui n'est pas peu dire.

Les rides qui barraient fréquemment le front du Peau-Rouge étaient moins apparentes.

Agnès ne grognait pas autant qu'à l'ordinaire.

M. Méridien ciselait les phrases du discours qu'il comptait prononcer à la séance solennelle de la Société de Géographie, dès son retour...

Coadigou convalescent renaissait à la vie et manifestait sa résurrection par l'abondance, la variété et le pittoresque des mots qu'il lançait aux chiens pour les exciter.

Et ceux-ci menaient un train d'enfer donnant de la voix et filant à perdre haleine.

Tout allait donc à merveille.

Mais Wabingi avait dit qu'ils pouvaient être exposés à d'autres dangers.

Il ne s'était pas trompé!

CHAPITRE X

Quand une voiture est entraînée à toute vitesse et qu'il se produit un arrêt subit, nul n'ignore que cela provoque une double oscillation violente, d'abord en avant, puis en arrière, un mouvement brutal de balancier assez désagréable pour les voyageurs.

C'est ce qui arriva aux nôtres, les Labradors ayant tout à coup suspendu leur course.

Wabingi et Coadigou eurent beau jouer du fouet à tour de bras, rien n'y fit.

Impossible de les remettre en chemin et il fallut descendre.

« Quelle idée leur passe par la tête? demanda M. Méridien.

— Je m'en doute, reprit l'Indien... Mais je me trompe peut-être... Attendons, nous allons voir. »

Les chiens, avec une précipitation incroyable creusaient le sol de leurs pattes, lançant la neige en poussière de tous côtés... Sous chacun d'eux, des trous s'approfondissaient.

« En voilà des manigances, dit Coadigou... A quoi ça ressemble !

— C'est bien ce que je pensais, fit Wabingi, qui, depuis un instant, s'était recueilli, dans la posture d'un homme qui écoute attentivement. »

La main tendue vers le nord, il ajouta:

« Vous n'entendez pas ?

— Ah! Bonne sainte Vierge, il tonne... clama Agnès, où va-t-on s'abriter ? »

Tout là-bas c'était un roulement continu et le ciel s'obscurcissait... Bernard s'accrocha aux jambes de son oncle...

« Oh! j'ai peur, tonton... »

Peu à peu une ombre immense montait dans l'espace et le grondement, encore lointain, semblait se rapprocher.

M. Méridien cherchait à rassurer les enfants, sans grande conviction, étant fort effrayé lui-même...

« Ça va passer, c'est un orage...

— Non, fit Wabingi. C'est la tempête! Les chiens l'ont pressentie. Là-bas, tout là-bas, elle entrechoque les glaçons du fleuve Mackenzie... C'est la cause de tout ce tremblement. Nous n'avons pas une minute à perdre, pour nous mettre en sûreté.

— Oustel à l'ouvrage... Dressons les tentes, rondement, opina le matelot.

— Ah bien oui! Elle seraient balayées par le vent qui tout à l'heure va fondre sur nous... Dételons d'abord les chiens, pour qu'ils puissent achever plus facilement les fosses qu'ils ont commencées et où ils vont se nicher... Nous allons faire comme eux... »

Agnès protesta : « Nous coucher dans la neige... Ah ! non par exemple...

— Si vous voulez dans une demi-heure, rouler comme une feuille morte, balayée par une force irrésistible, mademoiselle Agnès, vous n'avez qu'à continuer de raisonner plutôt que d'agir... Sinon, obéissez-moi et travaillez sous mes ordres. Nous allons nous construire un igloo, une maison de neige. »

Ils creusèrent un sillon très profond, dans la neige épaisse et si dure, que l'Indien devait la tailler en se servant d'une hachette qu'il portait dans sa gibecière...

Les autres, tant bien que mal, de leurs mains recourbées, débarrassaient le sillon, à mesure qu'il le traçait, en s'acharnant à la besogne, car déjà, des souffles couraient au ras du sol, éparpillant follement une poussière de gel qui les aveuglait.

A l'extrémité du couloir, ils pratiquèrent une cavité de quatre mètres de diamètre, dont ils consolidèrent la toiture avec la neige déblayée. Hâtivement ils y transportèrent tout le contenu des traîneaux, qu'on enfouit aussi dans la neige, à l'opposé des trous où les chiens s'étaient tapis, pour leur constituer une sorte de rempart...

Puis, tous ensemble, même Agnès et Bernard, auxquels la conscience du péril imminent rendait des forces, ils ramassèrent dans la forêt, qu'ils n'avaient pas cessé de longer, toute une provision de bûches.

Et ils se réfugièrent dans l'igloo en rampant le long de l'étroit couloir qui y donnait accès.

L'introduction d'Agnès, à cause de ses dimensions, fut même assez pénible.

Mais on n'avait pas le temps d'élargir le corridor... De gros flocons commençaient à tomber, tourbillonnant dans des rafales de plus en plus violentes...

Enfin, le cousin poussant par derrière et M. Méridien tirant par devant, on finit par l'amener à destination, plus glapissante et indignée que jamais...

Pauvre Agnès Toupignon !...

« Me voilà rendue toute vivante dans mon tombeau, gémit-elle, quand elle vit, à la lueur des chandelles allumées par Wabingi, les parois glacées de cette étrange caverne... »

Le fait est qu'au premier abord l'endroit n'avait rien de réjouissant et il y régnait une température plus que sibérienne.

Mais quand le reflet des flammes du bon feu pétillant dansa sur les murs, qu'elle se fut réchauffée dans son sac de couchage, couverte de peaux épaisses et que la chanson de l'eau, bouillant dans la marmite prête à recevoir le thé, frappa son ouïe, elle revint à des pensées moins lugubres.

En réalité, on n'était pas trop mal dans cette maison de neige, semblable à celles que les peuplades de l'Extrême-Nord ont coutume de construire, en cas de nécessité, et si étrange que cela puisse paraître à nous autres, habitués aux demeures confortables, il y règne un grand bien-être.

Surtout quand l'ouragan déchaîné galope à travers l'atmosphère.

Des milliers de buffles en fureur, martelant l'herbe dans la prairie n'auraient pas laissé derrière eux un vacarme plus formidable.

Tous les mugissements, tous les hurlements, toutes les clameurs les plus terribles que l'imagination puisse concevoir déferlaient autour d'eux...

Mais qui n'a pas éprouvé cette joie bien naturelle de se trouver douillettement dans un lit bien chaud, quand au dehors la tourmente fait rage!

Or, nos voyageurs errants ressentaient cette satisfaction d'une manière plus vive encore, sachant, en outre, que ce refuge, dû à l'ingéniosité de l'Indien, les préservait d'une mort certaine.

Pour Hervé et Bernard c'étaient là des aventures plus extraordinaires encore que celles des romans... et ils en étaient les héros!

Quant à M. Méridien, tout cela le haussait dans sa propre estime. On ne le traiterait plus de géographe en chambre, ainsi que l'avait appelé certain journaliste malveillant.

Il alluma sa pipe, à l'imitation de Wabingi et de Coadigou qui lui avaient donné le mauvais exemple, puisqu'il est admis que le tabac est un poison lent... Mais c'est aussi un prompt dérivatif aux soucis.

L'espace exigu où ils étaient confinés ne

tarda pas à se remplir de fumée, ce qui exaspéra la servante, qui décidément, ne pouvait jamais jouir d'une tranquillité parfaite. Heureusement pour elle, les fumeurs devaient ménager leur scaferlati et ils ne récidivèrent pas.

Coadigou proposa une partie de manille... Les enfants appuyèrent la motion qui fut agréée.

L'Indien, qui ignorait ce jeu, s'allongea et s'endormit...

De temps en temps, des mots inintelligibles montaient à ses lèvres ; il rêvait tout haut, et à un moment où Coadigou annonçait la manille de pique et le manillon de carreau, la voix de Wabingi se mêla à la sienne... en français, cette fois :

« Un heureux jour viendra... Un heureux jour ! »

— Qu'est-ce qu'il veut dire? demanda Agnès...

— Vous savez bien, Agnès, répliqua M. Méridien, que dans les rêves on balbutie des phrases qui n'ont aucun sens... »

Cette explication suffit aux auditeurs du membre de l'Institut, qui sentaient aussi que le sommeil les gagnait.

Un quart d'heure après des ronflements variés, soupirs de flûte et résonnances de trompette se mêlaient aux sifflements exaspérés du vent.

Le lendemain matin, M. Méridien fut le premier réveillé.

Il se leva, alla jeter du bois pour ranimer le feu. Au bruit, l'Indien tiré de sa torpeur, écarta sa couverture et se dressa à son tour.

M. Méridien, toujours courtois, ouvrit la bouche afin de lui souhaiter le bonjour, mais il en résulta pour lui une constatation vraiment regrettable.

Il était complètement aphone. Il avait une extinction de voix.

C'est en écrivant sur son carnet ce qu'il voulait dire qu'il put seulement communiquer avec ses semblables, lesquels, apprirent par ce moyen, qu'il croyait avoir attrapé son mal, la veille, en creusant le sillon dans la neige.

Au surplus, Agnès en fut plus indisposée que lui et y trouva prétexte, naturellement, pour reprocher de nouveau à son maître cette odieuse expédition.

« Si je pouvais seulement vous faire une infusion de guimauve pour vous gargariser... Ah ! parlons-en, de votre pays de malheur, dit-elle à Wabingi. Comme si il ne devrait pas y avoir des pharmacies de place en place où on se procurerait des médicaments. Ça serait plus utile qu'à Paris où, d'habitude, on se porte bien.

— On va remplacer la guimauve par des grogs au rhum, fit Coadigou. Hein ! j'ai eu une riche idée d'en apporter. Ça va vous enlever ça comme avec la main. »

Wabingi assura de son côté qu'il aurait le temps de se guérir avant qu'on ne se remît en route... La tempête semblait calmée, mais il y avait gros à parier qu'elle recommencerait au coucher du soleil...

Il pouvait d'autant mieux se servir de cette formule courante que l'astre du jour brillait au ciel, déblayé de nuages pour l'instant.

Vers quatre heures de l'après-midi, M. Méridien, qui sans répugnance, avait déjeuné de poudre d'œufs et d'une purée de pommes de terre, et qui s'en trouvait ragaillardi, éprouva le besoin de prendre un peu l'air.

« Je suis très couvert... Ça me vaudra mieux que de rester enfermé dans l'atmosphère de l'igloo, dont l'oxygène est un peu corrompue par nos six respirations », écrivit-il sur son carnet, pour faire part de ses intentions.

Il s'enveloppa donc chaudement, se faufila à quatre pattes dans le boyau de sortie et, parvenu dehors, fit tout seul les cent pas, aux environs de l'abri.

Les autres avaient estimé préférable de cagnarder en tisonnant.

Lui, tout en déambulant, songeait.

Les songeries d'un membre de l'Institut ne sont pas des songeries ordinaires, de celles qui hantent le commun des mortels, et ne les entraînent point complètement hors de la réalité.

Quand M. Méridien songeait, « il n'y avait plus personne », ce qui signifie, dans le langage populaire, qu'il perdait la notion de soi-même, dans le milieu où il se trouvait réellement.

Ainsi, tandis qu'il n'était qu'un homme chaussé de mocassins, engoncé dans un accoutrement de Lapon ou de Samoyède, au milieu du vaste steppe désolé et, pardessus compte, affligé d'un mutisme complet, il se croyait sous la coupole, en habit vert, le jour de la rentrée des cinq Académies, et débordant d'éloquence.

C'est pourquoi il n'apercevait rien de ce qui se passait autour de lui. Aussi jamais être humain ne fut saisi d'une stupéfaction plus accablante que la sienne, quand, étant arrivé au bout de son va et vient, il se retourna et se rencontra face à face avec...

Je vous le donne en cent !

Et je vous parie ce que vous voudrez que tout autre, pareillement à lui, eût tressailli dans tout son corps et esquissé la plus vilaine grimace, en se trouvant vis à vis...

Vis à vis de qui, vis à vis de quoi ?

D'un ours !

D'un ours gris qui, mon Dieu ! n'était pas de dimensions énormes, dont les petits yeux n'étaient pas excessivement féroces, mais ce n'en était pas moins un ours, et personne, n'est-ce pas, ne saurait se plaire dans la fréquentation de ce plantigrade à l'état sauvage.

C'est pourquoi la première impulsion de M. Méridien fut d'appeler au secours.

Hélas ! son gosier demeura obstinément silencieux. Plein d'effroi, il se souvint... La fâcheuse extinction de voix !

Alors, le second mouvement de l'infortuné savant fut de s'enfuir précipitamment, d'autant plus que l'ours, d'une familiarité révoltante, s'était dressé sur ses pattes de derrière et lui avait appliqué aux épaules ses pattes de devant.

N'était-ce pas pour l'abattre et le dévorer?

Rassemblant toute son énergie — la peur vous coupe les jambes ou les rend plus élastiques, ce qui fut le cas de M. Méridien — faisant appel à tout ce qui lui restait d'agilité, il détala prodigieusement vite vers l'entrée du couloir donnant accès à l'igloo.

Mais sa pensée, aussi prompte que sa course, lui suggéra que s'il s'accroupissait pour y entrer, le fauve en profiterait pour le happer par le fond de son pantalon, car il s'était élancé à ses trousses, et il continua son envolée, tournant autour du gros tas de neige, sous lequel ses compagnons, bien tranquilles, ne se doutaient pas du drame qui se déroulait au-dessus d'eux.

De temps en temps, il s'arrêtait, se faisait tout petit pour disparaître derrière la butte, puis repartait à contre-sens quand l'animal l'avait éventé, comme deux enfants qui cherchent à s'attraper en virant autour d'un arbre...

Certainement, ce serait faire preuve d'un cœur très mal placé que de rire d'un pareil spectacle, et nous nous en garderons bien.

Pourtant, cette partie de cache-cache entre un ours et un membre de l'Institut était du plus haut comique.

Fourbu, hors d'haleine, M. Méridien finit par se laisser choir sur le ventre, bien convaincu que sa dernière heure était venue, et, sans doute, convenant, à ce moment suprême, que ses collègues étaient dans le vrai lorsque, naguère, avant son départ, ils avaient traité son équipée de folie.

Il est juste de dire que, sans doute, il n'avait pas perdu toute présence d'esprit, car il s'était remémoré, en enfouissant son visage dans la neige, qu'on prétend que les animaux féroces ne s'attaquent pas aux cadavres.

Il faisait le mort.

Dans la position qu'il avait adoptée, l'ours ne pouvait approcher son museau de sa figure et constater par suite, qu'il respirait encore !

Mais l'ours le retourna...

Seulement, au lieu de lui sauter à la gorge, il s'assit pacifiquement sur son derrière.

M. Méridien n'ayant pas d'arme, et ne manifestant aucune intention hostile, il se bornait à le regarder comme une bête curieuse.

C'était le monde renversé, mais cela donne raison à ceux qui soutiennent que les bêtes les plus sanguinaires ou, du moins, celles qui en ont la réputation, ne se jettent pas sur l'homme qui ne leur veut pas de mal, à moins qu'elles ne soient affamées.

Notre ours mettait en pratique le dicton :

Cet animal n'est pas méchant,
Quand on l'attaque il se défend.

Et, de plus, il avait certainement l'estomac plein.

En outre, d'après ses dimensions et son air un tant soit peu folâtre, ce devait être un jeune ours.

Probablement pour exprimer son contentement de voir d'aussi près la figure de cet étrange bipède, aussi velu que lui, et qu'il prenait peut-être, après tout, pour un cousin germain, il poussa une série de grognements.

C'est ce qui le perdit.

S'il avait eu une extinction de voix comme M. Méridien, leur réciproque contemplation aurait peut-être duré longtemps.

Mais il fut entendu par les hôtes de l'igloo.

Alarmés à juste titre, ils saisirent leurs armes, sortirent précipitamment, Hervé le premier...

Le temps de viser... Une détonation... L'ours avait cessé de vivre.

Pour la seconde fois, le garçon venait de prouver son adresse et son courage...

L'oncle, délivré du redoutable voisin, s'empressa vers lui et l'accola tendrement.

« Mon enfant, mon cher enfant, tu m'as

sauvé la vie... Qu'allait-il se passer si tu n'étais pas intervenu ?... »

Vous vous étonnez, à coup sûr, que M. Méridien, que son affection de gorge avait empêché de crier à l'aide parlât aussi clairement à son neveu.

Veuillez considérer que de fortes émotions rendent instantanément la parole à ceux qui l'ont perdue momentanément.

Le mutisme du savant était peut-être d'origine nerveuse. Peu importe !

Le premier saisissement qu'il avait éprouvé quand il s'était trouvé en présence de l'ours avait peut-être commencé d'agir sur ses cordes vocales... Le second, quand la bête tomba foudroyée à ses côtés, alors qu'il s'attendait au pire destin, les remit complètement en état.

Tous entourèrent Hervé et le félicitèrent, mais sa plus douce récompense fut d'avoir sauvé son oncle.

Celui-ci rédigea tout de suite le compte rendu de cet incident dramatique sur un de ses nombreux carnets, et comme il était, avant tout, soucieux de vérité, loin de se donner un rôle avantageux, il avoua qu'il avait éprouvé une terreur sans pareille.

Coadigou soutint que la conduite d'Hervé méritait une médaille de sauvetage et qu'il faudrait faire un rapport au ministre de la Marine. — Il ne connaissait que celui-là !

Quant à Agnès, moins ambitieuse, elle déclara à Hervé, en le couvrant de baisers :

« Sois bien certain, mon amour, qu'on te fera une descente de lit avec la peau de ce brigand-là... Ça rappellera à tout le monde que tu es un brave. »

Wabingi acquiesça.

« Seulement, dit-il, nous n'avons pas le temps de le dépecer aujourd'hui. Le vent souffle à nouveau. Je pense que demain matin, nous pourrons repartir. Nous l'attacherons à l'arrière de votre traîneau, Coadigou, qui est le moins lourd, et l'emmènerons à la remorque. Pour l'instant, rentrons-nous. »

L'espace s'assombrissait, comme tendu d'un immense voile de crêpe noir, criblé du vol éperdu des flocons blancs, recommençant leurs sarabandes.

Ils rentrèrent dans leur case, renouvelant la manœuvre précédente pour y enfourner Agnès.

Ses doléances se prolongèrent fort avant dans la soirée, encore aggravées par la contrariété d'avoir perdu cinq sous au trente et un. Si encore son petit Bernard les eût gagnés ! Mais ce fut ce sauvage de Wabingi.

Cette excellente personne était mauvaise joueuse.

Le lendemain matin, elle pestait encore contre la guigne, alors que le ciel s'étant rasséréné, les chiens, la langue pendante tiraient comme des enragés et les entraînaient plus loin, toujours plus loin, vers le Nord.

CHAPITRE XI

Tout en dirigeant son attelage d'une main ferme, Coadigou pérorait, pour le plus grand agrément de ses compagnons de traîneau, Hervé et Bernard.

La conversation du joyeux Breton était n'amusante ! Il narrait des contes si abracadabrants ! En l'écoutant, on ne pensait pas à avoir froid, et cela distrayait joliment de la monotonie de ces randonnées à travers les mornes étendues d'une implacable blancheur.

Ce jour-là, sur la demande de Bernard, il débitait pour la troisième fois l'histoire de la Baleine des mers du Sud :

« Donc, mes petits Messieurs, comme vous n'êtes pas sans le savoir déjà, ça se passait tout à l'autre bout de l'Amérique, dans la demi-sphère australe, comme pourrait dire votre tonton, qui est, comme nul n'en ignore, un homme tout à fait capable. Il en sait plus long dans son petit doigt que moi dans toute ma personne, nonobstant que j'en aie vu de toutes les couleurs et pendu mon hamac sur des tas de bâtiments, depuis mon âge de treize ans jusqu'à celui de trente-cinq, que je vas prendre à la mi-août qui vient »

« Alors j'étais inscrit au rôle d'équipage d'un navire baleinier, Le *Grand Gustave*, qui faisait la pêche dans les parages des îles Kerguelen.

« Pour ce genre de pêche-là, quand le guetteur, du haut de la hune du grand mât, a signalé une baleine, on met les pirogues à l'eau et on souque dur sur les avirons.

« C'est pourquoi celle dont j'étais un des quatre matelots mit le cap sur un gros cachalot, qui pouvait fournir cinquante tonneaux d'huile et prenait ses ébats à trois cents brasses, au jugé.

« Celui de nous autres qui était le harponneur se nommait Pompiac, un gars de Marseille, qui n'avait pas froid aux yeux.

« Dès que nous fûmes à bonne portée, il lança son harpon... mais il manqua son coup ou, plutôt, la pointe ne crocha pas dans la carcasse du cachalot.

« Seulement, il faut croire que le choc ne fut pas de son goût et que ça le chatouilla vilainement. Il se mit à gigoter, en envoyant des jets d'eau à trente pieds en l'air, puis nagea sur nous tout comme un vrai torpilleur et, d'un coup de queue, nous envoya dans les airs, je ne vous dis que çà !

« Notre pirogue retomba sens dessus dessous, et nous autres, on fut éparpillé sur les flots.

« Ce n'était pas le moment de flâner. On retourna la barque et nous nous hissâmes dedans. Mais il y en avait un qui man quait : Pompiac, le harponneur.

« On inspecta la surface de la mer et on l'aperçut pas bien loin, ballotté par les vagues, à cheval sur un aviron.

« Y a du bon que je fis... On va le tirer de là.

« Nous empoignâmes les rames, et, hardi garçons ! Nous n'étions pas loin de l'accoster quand, tout d'un coup, le cachalot surgit de dessous la mer, les mâchoires à plein foc, et l'engloutit comme vous pourriez avaler une fraise des bois !

« Une seconde après, il ne restait plus, du pauvre Pompiac, que son béret tourbillonnant dans les remous.

« Rien à faire...

« Nous récitâmes un *Pater* et un *Ave* pour le repos de son âme, et nous ralliâmes le bord.

« Mais voilà-t-il pas qu'au bout d'une demi-heure à peu près, la tête du camarade émergea par-dessus le bastingage où qu'il s'était hissé à même la chaîne de l'ancre.

« Ça, c'était un peu fort, et on crut à un revenant... Mais il n'y avait pas à barguigner, c'était bien Pompiac, grandeur nature.

« Surtout qu'il se mit à causer, comme à son habitude.

« Ah ! qu'il dit comme ça, je reviens de loin. V'là ce qui s'est passé : Après la ballade en l'air, j'étais retombé dans un courant qui m'avait éloigné de vous, en même temps qu'un aviron qu'avait pris la même direction... Je le happai pour me maintenir en flottaison sans fatigue, en me disant : Les frères vont pas tarder à s'amener dès qu'ils m'auront repéré.

« En attendant, pour passer le temps, comme je savais que ma blague en peau de porc était étanche, où que se trouvaient ma pipe, mon briquet et mon tabac, je me pensai : J'vas en fumer une...

« Je venais justement de l'allumer quand le monstre m'avala, et je lui passai dans le ventre comme une lettre à la poste... J'y étais arrivé tout entier et intact, sans qu'il en manque un morceau, et le plus curieux, avec ma pipe au bec, qui ne s'était pas même éteinte ! Là-dedans, il faisait plus noir que dans un four.

« Afin d'aviver la lueur de mon brûle-gueule, pour me rendre compte où je me trouvais, je tirai dessus à pleins poumons et je sortis deux ou trois bouffées... Faut croire que les cachalots n'aiment pas l'odeur du tabac...

— Comme Agnès, interrompit Bernard, en se pâmant, à force de rire...

— Oui, comme la cousine, reprit Coadigou... Mais je reprends mon histoire : Faut croire que les cachalots n'aiment pas l'odeur du tabac, nous disait Pompiac, et que ça les indispose, car je fus trimballé dans les contractions de son intérieur, tout pareillement à un balai de ramonage et, finalement, il m'expulsa à la lumière du jour, qui fut le plus beau de ma vie.

« Je l'avais échappé belle. Sur-le-champ, j'ai tiré ma brasse, et me voilà ! »

Telles furent les explications du gars de Marseille, rapportées fidèlement, dit Mathurin en terminant.

« Mais c'est l'aventure de Jonas, avalé par la baleine, que j'ai apprise dans l'histoire sainte, observa Hervé...

— Il fumait peut-être aussi sa pipe », fit naïvement Coadigou, qui ne doutait de rien.

Cette dernière réflexion du matelot mit le comble à la joie d'Hervé et de Bernard.

Mais tous les trois, transportés par la pensée jusque dans les mers du Sud, n'avaient pas remarqué ce qui se passait autour d'eux.

Ils n'avaient pas entendu les appels de Wabingi qui les suivait à quelques mètres de distance...

Alors, excitant ses chiens et les poussant à toute allure, il avait amené son traîneau à la hauteur de celui de Coadigou et lui

LES LOUPS ASSIEGEAIENT L'ARBRE SUR LEQUEL ETAIT GRIMPE HERVÉ

avait crié, d'une voix pleine d'angoisse :

« Plus vite !... Plus vite !... Les loups ! »

Le matelot et les enfants se retournèrent.

Derrière eux, assez loin encore, une troupe de ces redoutables carnassiers leur donnait la chasse. Ils étaient une dizaine. De grands loups, au poil grisâtre, dont la férocité est inimaginable.

Pendant que, côte à côte, les deux traîneaux glissaient dans une course échevelée, que Bernard pleurait à chaudes larmes près de son frère dont on sait le caractère résolu, et qui cherchait à le rassurer ; pendant qu'Agnès se lamentait sans arrêt et que M. Méridien, à demi dressé sur son siège, regardait, le visage anxieux, la horde sinistre qui, peu à peu, gagnait du terrain, Wabingi jetait à Coadigou des ordres brefs :

« Coupez la corde qui retient l'ours à votre traîneau... une proie pour les loups... le temps que nous parvenions à une cabane abandonnée que je connais... là-bas, derrière ce petit bois de sapins... Coupez la corde...

Ce fut Hervé, que son sang-froid n'abandonnait pas, qui la coupa...

La tache que l'ours faisait sur la neige diminua par degrés, tant les chiens bondissaient, talonnés, eux aussi, par la peur des fauves...

Wabingi, sans cesse levant et abaissant les bras, au bout duquel le fouet tournoyait, hurlait des encouragements à son « team » qui, d'ailleurs, n'en avait pas besoin, et Coadigou, piétinant, vociférant, tapant, se maintenait dans son sillage.

Ils parvinrent promptement à la maisonnette indiquée par le Peau-Rouge, y jetèrent pêle-mêle leurs bagages et s'y enfermèrent, barricadant la porte, après avoir poussé les chiens, frissonnants de terreur, dans un enclos (le corral) attenant à ce logis primitif.

Soudain, M. Méridien, les yeux dilatés de stupeur et fouillant tous les coins de leur réduit, s'écria :

« Où est Hervé ? »

Hervé n'était pas avec eux...

Une lamentation continue, entrecoupée de sanglots, monta des lèvres d'Agnès :

« Hervé !... Hervé !... Mon petit Hervé, où es-tu ? »

Elle tomba, la face contre terre, gémissant toujours.

De grosses larmes roulaient sur les joues de Bernard, appuyé contre le mur...

« Mon grand frère, soupirait-il, mon Hervé ! »

Coadigou avait empoigné ses cheveux et se secouait la tête :

« Est-ce Dieu possible ! »

Il voulut défoncer la porte et s'élancer au dehors, mais Wabingi se mit en travers de l'entrée, son browning à la main...

« Il y a là dedans une balle pour le premier qui bouge... Votre tentative est insensée... Vous serez dévoré... Et ce sera un fusil de moins pour démolir les affreuses bêtes qui vont bientôt nous assiéger... Ils sont tenaces... Comprenez-vous, si nous ne les tuons pas tous, jusqu'au dernier, nous ne pourrons jamais sortir d'ici... Pardonnez-moi la menace que je viens de proférer ; c'était pour mieux vous convaincre... Ça ne vous avancerait guère... Vous seriez perdu et vous ne sauveriez pas le pauvre enfant...

— Alors, demanda M. Méridien, la figure décomposée, vous croyez qu'Hervé... »

Il n'osa pas achever sa phrase...

L'Indien ne répondit pas, mais son air sombre était de mauvaise augure...

Et Coadigou, atterré, répétait constamment :

« Comment que ça se fait !... Comment que ça se fait !

— Il a dû perdre l'équilibre en coupant la corde. »

On demanda à Bernard s'il ne l'avait pas vu tomber...

« J'ai fermé les yeux quand vous avez crié : « Les loups ! » monsieur Wabingi, tant j'ai eu peur...

— Et moi, ajouta Coadigou, je pouvais pas supposer un coup comme ça... Je n'avais qu'un soin, celui de vous suivre, quand vous êtes passé devant. C'est tout de même dur de ne pas pouvoir porter secours à un gentil garçon comme lui, et si courageux... Après tout, je n'ai pas perdu tout espoir, moi ! »

L'Indien se contenta de hocher la tête ; il s'était campé auprès de la fenêtre, son arme à la main, prêt à s'en servir...

Le temps passa, terriblement long... On n'entendait que les gémissements continuels d'Agnès, les soupirs de M. Méridien, assis dans un angle et, les coudes aux genoux, se pétrissant le front dans les mains.

Coadigou, le cou dans les épaules, ne pouvait tenir en place et tournait comme un lion en cage.

Le sommeil avait fini par emporter Bernard, secoué de soubresauts en dormant.

Wabingi s'adressa à Coadigou :

« Plutôt que de vous agiter sans raison, vous feriez mieux d'allumer du feu. Nous allons périr de froid. Je vous engage tous à vous couvrir de fourrures. »

Plein de sollicitude, il se dirigea vers Bernard, le souleva doucement pour ne pas le réveiller et le coula dans son sac de couchage.

Les heures continuèrent de s'écouler, lugubres...

La nuit vint... La solitude environnante s'emplit de ténèbres. L'Indien quitta sa faction et vint s'asseoir auprès d'Agnès...

Celle-ci tressaillit.

« Eloignez-vous de moi, lui dit-elle... Je vous déteste... Vous êtes un bourreau. C'est vous qui avez mis dans la tête du malheureux Hervé ce voyage de malheur dans un pays de hiboux, d'ours et de loups... Je voudrais qu'ils vous mangent tout vivant... Mon Hervé !... Mon chéri que j'ai bercé dans mes bras, tout menu, tout rose, tout mignon !... Ah ! que je souffre ! »

Le Peau-Rouge l'écouta sans l'interrompre et ne répliqua rien.

Alors, elle tourna sa colère contre M. Méridien...

« Et vous, not'maître, vous en avez fait, de la belle besogne... Comme si un homme de votre capacité n'aurait pas dû prévoir ce qui arrive... Y en a qui vous l'ont dit... Ah ! bien oui ! Tenez, j'en ai connu qu'on a enfermés qui étaient moins fous... Etes-vous content, à cette heure ?... C'est vous qui l'avez tué, le cher trésor !... »

M. Méridien, qui semblait vieilli de dix ans, sentit son cœur se fendre sous les reproches de sa servante...

Il pleura, lui aussi...

« Ayez pitié de moi, ma bonne Agnès, dit-il... C'est vrai, je suis coupable... C'est vrai, j'aurais dû m'opposer à une expédition si pleine de risques... Ayez pitié de moi, et que Dieu me pardonne... Je voulais retrouver leur père, à mes bien chers neveux... C'était trop d'audace, trop de présomption... Tout ce qui nous survient d'épouvantable, c'est par ma faute... Ayez pitié de moi, ma fille...

— Mais attendez donc encore avant de vous désoler, fit Coadigou, toujours animé d'une confiance imperturbable... Tenez, au moment où ces sales bêtes nous sont tombées dessus, j'étais en train de leur raconter, aux petits messieurs, l'histoire d'un de mes camarades de navigation, un nommé Pompiac, qui est ressorti vivant du ventre d'une baleine...

« Depuis que j'ai été témoin de ce miracle, jamais je ne dis : « Tout est perdu » tant qu'il reste un espoir, quand bien même il ne serait pas plus gros que la tête d'une épingle. »

Hélas ! Ces paroles ne rassurèrent personne. Elles étaient trop contraires à l'évidence.

Il reprit ses allées et venues pour ne pas, lui aussi, s'abandonner à l'inaction qui engendre le découragement. A travers la pièce, plongée dans une demi-obscurité que trouaient à peine les charbons du foyer, il ressemblait à un fantôme.

Le Peau-Rouge, immobile, prêtait l'oreille, étonné de ne pas entendre le grondement des loups rôdant autour de la baraque. Sans doute, ils se tenaient à distance, guettant leur sortie.

Mais voici que, brusquement, une grande lueur, passant par la fenêtre, illumina l'intérieur de la cabane.

Quel était ce phénomène, dans cette région inhabitée ?

Il se dressa d'une seule pièce, et les autre l'imitèrent. Coadigou, qui n'avait pas e cette peine, étant resté sur ses jambes, débarrassait déjà la porte de sa barricad et l'ouvrait toute grande pour mieux voi

« Un incendie ! s'écria-t-il.

— C'est le bois qui flambe, le bois d sapins que je vous ai signalé tantôt du traîneau, fit l'Indien. C'est un peu fort, par exemple !... Dans les forêts de l'Ontario, des étincelles échappées d'une locomotive peuvent allumer des branches sèches, mais ici !... »

Devant eux, le brasier s'agrandissait de plus en plus. Les flammes montaient vers le ciel, tordues par le vent, des troncs éclataient, des rameaux crépitaient. La fournaise devenait gigantesque.

A mesure qu'elle se développait, une clarté intense s'allongeait sur la neige. On y voyait comme en plein midi.

Dans la nappe de lumière, sur la neige, un point noir surgit.

D'où ils se trouvaient, cela faisait l'effet d'une mouche sur une feuille de papier blanc.

Le point noir grossissait, grossissait. Maintenant, on distinguait mieux. C'était une silhouette humaine qui s'approchait d'eux en pleine course.

L'Indien, dont les yeux perçants étaient accoutumés aux observations lointaines, s'écria le premier :

« Que le Grand Esprit soit loué, c'est Hervé !... »

Deux minutes après, huit bras l'enveloppaient et le transportaient auprès du feu, car il était transi.

Quelles douces émotions agitèrent le tonton, la bonne Agnès, le brave Mathurin et Wabingi lui-même, qui manifesta une joie sincère du retour de l'enfant... Comme il fut embrassé, caressé, fêté !

C'est lui qui semblait le moins troublé de tous, au point que Wabingi le contemplait avec admiration.

Quand Agnès et M. Méridien l'eurent bien cajolé, tourné et retourné dans tous les sens et s'être assurés qu'il ne portait pas trace de la moindre blessure, après que Mathurin eut exécuté une gigue effrénée et chanté à tue-tête le refrain d'une vieille berceuse :

Mon bigorneau,
Y a pas d'bobo,
Y a pas d'bobo !

l'Indien lui demanda :

« Comment êtes-vous encore en vie ? »

Simplement, comme s'il eût raconté une aventure arrivée à un autre, Hervé reprit :

« Quand vous avez coupé la corde qui attachait l'ours, selon votre ordre, j'appuyai ma main gauche sur l'arrière du traîneau pour me remettre en place... Elle glissa... Perdant mon point d'appui, je basculai et roulai sur la neige.

« Arrêtez... Arrêtez... » criai-je de toutes mes forces, mais les aboiements des chiens étaient si bruyants et Coadigou braillait si haut pour les exciter qu'on ne m'entendit point.

« Je me rendis compte immédiatement de la situation... Pas drôle du tout...

« Par bonheur, ce n'est pas mon genre de m'affoler... Oh ! je n'y ai aucun mérite, je suis bâti comme ça...

« J'examinai donc en moi-même — et d'urgence, je vous jure — le parti que je devais prendre, tout en regardant du côté des loups.

« Comme c'était inévitable, ils se battaient autour de l'ours et le dépeçaient à belles dents... J'aurais mon tour ensuite !

« Il vous serait venu, comme elle me vint, l'idée d'en profiter pour déguerpir... Mais où fuir pour me mettre en sûreté ?

« J'examinai les lieux... La cabane vers laquelle vous couriez grand train était plus éloignée que le bois de sapins... Ma résolution fut prise immédiatement : atteindre ce bois le plus vite possible, pendant que les loups, acharnés sur leur proie, ne s'occuperaient pas de moi.

« Je pris mes jambes à mon cou, en invoquant la Providence. Cinq minutes ne s'étaient pas écoulées que j'étais en sûreté sur une haute branche de sapin.

« Parbleu, ce n'était pas le rêve.

« De mon observatoire, je vous vis disparaître dans la cabane, et je devinai que, dans votre précipitation, nul de vous ne s'était aperçu de mon absence.

« En outre, je compris que, l'ayant constatée, il vous serait impossible de venir à mon secours.

« Il fallait que, des trois hommes que vous étiez, l'un restât à veiller sur Agnès et Bernard. Entre les deux autres et dix loups furibonds, la lutte eût été trop inégale en rase campagne. Ils vous auraient assaillis avant que vous n'ayez eu le temps de tirer.

« Vous étiez obligés de rester dans votre forteresse.

« Je pensais aussi que l'instinct des loups les avertissant qu'ils seraient impuissants contre vous, abrités derrière des murs d'où vous pourriez les fusiller, ils me donneraient la préférence et se dirigeraient de mon côté, la curée finie.

« Je ne me trompais pas.

« Ayant reniflé ma piste, ils ne tardèrent pas à entourer mon sapin.

« De mon perchoir, mes regards plongeaient dans leurs gueules ouvertes, dressées vers moi, et je vous assure que c'est un spectacle qui n'a rien de réjouissant.

« Je frissonnais en songeant au craquement de mes os si j'étais tombé sous leurs effroyables mâchoires.

« Mais soyez tranquilles. Je chassai ces idées sinistres et je vérifiai mes munitions. J'étais résolu à me défendre jusqu'au bout.

« Ce qui m'ennuya beaucoup, c'est que j'avais seulement cinq coups à tirer. Je m'en consolai en espérant que si j'abattais un animal à chaque fois, les survivants déguerpiraient, craignant d'y passer aussi.

« Je visai soigneusement. Je tuai cinq loups...

« L'odeur du sang de leurs congénères ne fit qu'exaspérer davantage ceux qui restaient.

« Ils exécutaient des bonds fantastiques autour de l'arbre, les crocs découverts, et hurlant comme des damnés.

« Je leur criai des injures pour me réconforter... « Brigands, scélérats, assassins ! »

« Mais je remarquai avec terreur qu'ils mordaient le fût du sapin, arrachant de grosses lamelles et le rongeant peu à peu. La tentative menaçait d'être dangereuse, à la longue.

« Le crépuscule survint et, bientôt, ce fut la nuit. Le froid augmenta... J'étais engourdi... Je me trouvais en présence de cette alternative désolante : mourir gelé ou dévoré !

« Quand même, je tenais bon, cherchant le moyen de me sauver.

« C'est alors qu'une inspiration du Ciel traversa ma tête.

« J'avais lu souvent que les animaux sauvages avaient peur du feu et que — l'épisode récent du hibou d'Agnès me le prouvait — c'était le meilleur moyen de les éloigner.

« Patiemment, je coupai toutes les brindilles qui m'avoisinaient. J'en fis un bûcher au croisement de trois gros rameaux d'un sapin tout proche qui débordaient au-dessus de la branche sur laquelle j'étais à cheval... Puis, me souvenant que j'avais du rhum plein ma gourde, j'en répandis tout le contenu sur ces rameaux pour en faciliter l'embrasement.

« Je coulai sous le bûcher toute la mèche d'amadou de mon briquet comme j'aurais pu le faire, avec du papier, dans une cheminée. J'actionnai la roulette dudit briquet et j'eus la joie d'entendre pétiller les brindilles...

« Ce ne fut pas long... Le feu se communiqua aux gros rameaux, courut à droite et à gauche... Les flammes tournoyèrent de tous les côtés... J'avais déclenché un incendie qui ne tarda pas à se développer.

« J'avais craint d'être gelé ou dévoré. Il ne s'agissait pas d'être grillé.

« Rapidement, je regardai au-dessous de moi... Jamais je n'ai éprouvé une joie pareille... A la clarté des flammes, je vis décamper mes terribles assiégeants, comme s'ils avaient eu le feu aux trousses, c'est le cas de le dire...

« Je me laissai glisser... Parvenu sur le sol, j'attendis quelques instants... Mais tout le bois flambait déjà. La chaleur devenait intolérable, et je pris ma course.

« Au milieu de cette lumière, je me guidai facilement... et me voilà ! »

Durant qu'Hervé parlait, M. Méridien, redevenu lui-même, avait pris des notes ; Agnès, les mains jointes, était en extase, et le Peau-Rouge ne pouvait retenir les éloges qui lui partaient du cœur :

« Quel garçon ! Quel fameux garçon ! »

Quant à Coadigou, lorsque Hervé se tut, il l'empoigna à bras le corps et, le serrant à lui écraser la poitrine :

« Ça n'est pas la médaille de sauvetage, mon lapin, qu'il faudra seulement te donner, c'est la Légion d'honneur ! »

Mais, soudain, une ombre passa dans les prunelles de l'enfant :

« Je ne vois pas Bernard, fit-il...

— Là, dans son sac, répondit Agnès. Il fait dodo »

Hervé s'approcha de lui et, doucement, posa un baiser sur les joues de son frère qui portaient encore des traces de larmes...

« Mon pauvre petit, tu as eu du chagrin... Il ne faut pas le réveiller. En me revoyant, demain matin, on lui dira qu'il a fait un mauvais rêve ! »

CHAPITRE XII

Terrassés par les émotions, tous ne tardèrent pas à imiter Bernard et à s'endormir profondément. Auparavant, on avait empli la cheminée de grosses bûches et, sous leurs couvertures, ils éprouvaient un sentiment de confort indéfinissable.

Quand ils se réveillèrent, le lendemain, assez tard, il se trouvaient si bien que Coadigou proposa de faire la grasse matinée et de se reposer longuement.

« On ne l'a pas volé, fit-il. Hervé, surtout, doit en avoir besoin... »

En vérité, il n'y paraissait guère. Son jeune visage émergeait du sac de couchage, calme et rose, appuyé contre celui de Bernard, portant encore, au contraire, la trace de ses terreurs.

Dès qu'il aperçut son frère, en ouvrant les yeux, un grand cri de surprise joyeuse sortit de son gosier. Il se précipita à ses côtés et, les bras autour de son cou, se blottit contre lui.

Hervé essaya d'abord de le persuader qu'il avait été le jouet d'un songe... Peine perdue... Le souvenir du drame était trop présent dans sa tête.

Il fallut le lui raconter à son tour, et M. Méridien en profita pour rectifier ses notes que, dans son émoi, il avait prises un peu de travers.

Coadigou, pendant ce temps, avait fait du thé qu'il porta à chacun d'eux, puis se recoucha, tenant *mordicus* à sa proposition de s'attarder au lit, ou, du moins, sur les peaux qui leur en servaient.

Seul, Wabingi résista à la tentation et, quand il eut avalé le breuvage réconfortant, il se mit debout...

Prudemment, du seuil, il inspecta les environs...

« Je ne vois rien de suspect, dit-il... Il n'y a plus de loups. Ils sont allés rôder d'un autre côté. L'incendie les a effrayés... Ils ne reviendront pas de sitôt...

Mais il a chassé d'autres bêtes terrées dans le bois... J'aperçois, là-bas, parmi les broussailles, une demi-douzaine de petits renards blancs... Ils vont goûter du plomb et je les jetterai aux chiens... J'entends les bonnes bêtes se plaindre... Elles ont envie de déjeuner aussi... J'y vais. »

Il sortit.

Il eût été étonnant que la conversation ne continuât point entre nos amis.

Quand le danger est passé et qu'on s'en est tiré indemne, rien n'est agréable comme d'en rappeler les péripéties.

Et le sujet étant épuisé, Agnès déclara :

« On n'est pas trop mal ici ; ça vous dégèle la moelle des os. Dites donc, not' maître, croyez-vous pas que ça serait raisonnable d'y passer deux ou trois jours pour finir de se retaper et puis, après, de s'en retourner ? »

M. Méridien qui, ranimé moralement, le péril s'étant dissipé, et physiquement ragaillardi, la température étant relativement plus douce, se sentait repris par ses ambitions d'explorateur géographe, s'éleva contre une pareille idée.

« Vous n'y pensez pas, ma bonne fille. Wabingi, qui a grande hâte de revoir les siens, n'y consentirait jamais... Voyons, croyez-vous vraiment que nous puissions nous aventurer sans guide à travers ces solitudes ? Vous me direz que nous n'aurions qu'à suivre la trace de nos traîneaux en sens inverse, mais la neige qui tombe souvent les a recouvertes. Nous nous égarerions certainement, d'autant plus que j'ai perdu ma boussole.

— Pour sûr que vous l'avez perdue, la boussole, répartit la servante, dont la familiarité était parfois irrespectueuse.

— Vous êtes dure, Agnès... Par dessus compte, vous ne réfléchissez pas...

— Que nous espérons retrouver notre cher papa », s'écrièrent ensemble Hervé et Bernard, devançant la pensée de leur oncle qui ajouta : « Ecoutez-les, ma fille. La vérité sort de la bouche des enfants... C'est notre devoir d'aller jusqu'au bout. »

Et Coadigou appuya...

« Vous savez bien, cousine, que je suis toujours de votre avis, à moins que j'aie des bons motifs pour ne pas l'être... Mais le patron a raison... Et puis, la malchance, c'est comme un fond de culotte, ça s'use. Mon idée à moi, c'est qu'on prolonge la halte dans la cagna encore quarante-huit heures. Après quoi, vole, vole, mon pinson, on rouvrira ses ailes à travers le paysage...

— Ah oui, parlons-en... Il est coquet, marmonna Agnès.

— Il est propre du moins, c'est comme qui dirait une robe de première communion. »

A ce moment l'Indien rentra et ses premiers mots furent en opposition avec le projet d'Agnès et de Coadigou de prendre un temps de répit.

« Les chiens sont restaurés, fit-il et tout prêts à fournir une bonne traite. Je viens de les ratteler... Aidez-moi à transporter les bagages sur les traîneaux. »

M. Méridien, qui n'eût pas été fâché de souffler un peu, pour son compte et de satisfaire en même temps au désir du matelot et de sa bonne, fit mollement cette observation.

« Ne vaudrait-il pas mieux, dans l'intérêt de la santé de Bernard et d'Hervé, que leur jeune âge rend plus sensibles aux épreuves, qu'ils continuassent à jouir, pendant un jour ou deux, de la quiétude présente. »

Cette belle phrase académique n'eût aucun succès.

Les enfants protestèrent... « Ils n'étaient pas fatigués du tout. Ils ne demandaient qu'à partir immédiatement... » et le Peau-Rouge se borna à répliquer:

« Les loups se sont éloignés, mais ils peuvent revenir. »

Cet argument produisit son effet et la voix d'Agnès, subitement convaincue, s'éleva sur un diapason aigu...

« Ah! Bonne Sainte Vierge! Allons-nous-en bien vite alors! »

Ils s'installèrent sur les traîneaux. Les chiens dansaient, impatients et jappaient, le museau en l'air.

« Oua!... Oua!... Oua! Mush, mush on, boys! Hop... Hop... Hop! En avant! »

C'était Wabingi, mêlant l'indien, l'anglais et le français, qui donnait à son team le signal du départ et Coadigou de son côté, leur adressait, à sa manière, les plus vifs encouragements de son répertoire...

« Hardi! Hardi, mes fistons! En route Saint-Malo! You, you, you!

Les « takus » s'ébranlèrent. C'est le nom

qu'on donne là-bas, à ces chars munis de patins de cuivre qui remplacent avantageusement les autos sur le sol glacé.

Nos voyageurs avaient repris leur course à travers les déserts de neige.

Durant une semaine, sans incident notable, se déroulèrent sous leurs yeux les incommensurables solitudes blanches.

Quelquefois leur approche faisait fuir des boqueteaux de pins qu'ils traversaient quelques caribous apeurés, révélant leur présence par un cloq, cloq, cloq significatif, le bruit du déclenchement de leurs sabots, quand ils galopent.

Au vol, pour ainsi dire, Wabingi en tua deux, destinés à garnir leur garde-manger.

Des lynx, des blaireaux, des martres, des petits gris furent aussi abattus, dont la chair alimenta les Labrador. Le Peau-Rouge en abandonna généreusement les dépouilles à Hervé. Ne lui avait-il pas promis qu'il rapporterait tout un stock de fourrures ?

Néanmoins, il faut noter qu'Agnès, à une halte, pendant qu'on dressait les tentes, marcha sur une marmotte enroulée dans la neige.

La bête, incommodée par ce poids de quatre-vingts kilos, ce qui n'a rien d'étonnant, se détendit brusquement, si bien que la grosse servante fut projetée en l'air et poussa des cris de paon, s'imaginant être sur un volcan.

Elle se fâcha tout rouge, et sa colère provoqua un éclat de rire unanime. Cela fit passer un bon moment, car les sujets de gaîté étaient rares dans cette contrée d'une lamentable uniformité.

Pourtant, au bout de quelques jours l'aspect du pays changea.

Ils s'engagèrent dans des défilés boisés que bordaient des amoncellements de roches pittoresques.

Comme les chiens couraient, ventre à terre, au fond d'un vallon, le Peau-Rouge, dont l'humeur, habituellement sombre, s'était beaucoup éclairée depuis la veille, dit à M. Méridien.

« Nous approchons. Le campement de mes frères n'est plus qu'à vingt-cinq milles d'ici. »

Quand soudain, il leva le bras en l'air pour avertir Coadigou de stopper et arrêta tout net son attelage.

En même temps la sérénité de son visage s'altéra.

Il sauta du traîneau.

« Est-ce qu'il y a un trait de cassé », demanda la servante.

Il ne répondit pas.

On le vit aller et venir, le front penché, examinant attentivement des empreintes de pas qui se croisaient en tous sens sur la neige, coupées de traînées creuses.

Il s'agenouilla, pour les étudier de plus près.

Les autres voyageurs, intrigués, avaient mis pied à terre et l'entouraient. Il demeurait silencieux, réfléchissant.

« Vous pourriez tout de même nous dire de quelle espèce de bêtes ce sont les traces, fit Coadigou, agacé par ce mutisme.

— Ce ne sont pas des bêtes, fit l'Indien en se relevant, l'air tourmenté... Des hommes sont venus ici.

— Ça n'a rien d'étonnant, reprit M. Méridien, puisque nous arrivons dans des endroits habités... Vous me disiez il n'y a qu'un instant que le campement des vôtres n'était plus éloigné.

— Sans doute, mais ce n'est pas la forme des mocassins de ma tribu qui s'est incrustée là.

— Ça prouve qu'il y en a d'autres qui se promènent dans la région, dit Coadigou, ne se doutant pas de la gravité de la découverte.

— Précisément. De plus, remarquez ces sillons dans la neige. Ceux qui les ont tracés ont l'habitude de se traîner à plat ventre pour mieux surprendre leurs adversaires, bêtes ou gens... Ce sont des Esquimaux, j'en suis sûr. Ils descendent quelquefois du Nord jusque dans ces parages.

— C'est vrai, reprit le savant, se souvenant de la dernière lettre de Primel, où il était question de ces sauvages ; mais, passionné d'ethnographie, il ajouta : Je ne serais pas fâché d'en voir d'un peu plus près.

— Moi, non. Ceux qui sont passés là, d'après le dessus de leurs semelles, tout spécial, appartiennent à la tribu des Kogmollocks... les pires de tous, de vrais bandits. Pour vous en faire une idée, ils tuent leurs parents quand ils sont vieux et jettent leurs corps aux chiens, afin de les engraisser et les manger ensuite. »

Le petit Bernard eut une crise de désespoir.

Sa douleur réagit heureusement sur l'âme d'Agnès, qui s'apprêtait à geindre aussi. En un instant, elle fut transformée. La colère l'emporta sur la crainte...

« J'en ai assez à la fin s'écria-t-elle de vos loups et de vos cannibales... Qu'ils y viennent!... Passez-moi un fusil... J'vas te défendre, moi aussi, mon chou... Qu'ils y viennent. On va les recevoir comme il faut.

— Bravo! fit l'Indien... Vous ne serez pas de trop si ces gueux nous attaquent, comme je le crains. Ils doivent être terrés, pour l'instant dans des cavernes du voisinage. Aussitôt qu'ils nous apercevront, ils fondront sur nous ; mettons-nous sur la défensive. »

Sous sa direction ils élevèrent deux remparts de neige, parallèles, à hauteur d'homme, dans lesquels ils ménagèrent des meurtrières. Cinq pas environ les séparaient l'un de l'autre. Pour clore les intervalles, à chaque extrémité, ils dressèrent les traîneaux debout.

Ils obtinrent ainsi un rectangle, clos de tous les côtés dans l'intérieur duquel ils s'abritèrent.

Agnès ne faiblit point et s'arma d'un browning. Tout en piétinant, pour se réchauffer les pieds, qu'elle avait encore plus froids qu'à l'ordinaire, tout le sang ayant afflué à son cœur devenu valeureux, elle bourrait Bernard de pastilles de menthe, afin de le distraire sans s'oublier elle-même.

M. Méridien, Coadigou, Hervé et Wabingi, le fusil en main, étaient aux aguets.

Le savant, peu familiarisé avec les armes, étudiait soigneusement le mécanisme de la sienne, mais il eût autant aimé ne pas faire plus ample connaissance ; ses doigts tremblaient un peu. Toutes les cinq secondes il collait un œil à la meurtrière placée en face de lui et disait, cherchant à se rassurer soimême.

« Vous ne vous seriez pas trompé, M. Wabingi. Rien ne bouge.

— Les Esquimaux sont rusés... J'en ai vu, en terrain découvert, qui parvenaient à se dissimuler complètement pour surgir à mes côtés comme s'ils tombaient du ciel... Dans l'endroit où nous sommes, parsemé de rochers, ils ont beau jeu pour se rendre invisibles. »

Il n'avait pas achevé qu'un coup de feu déchira l'air... Derrière un caillou, à deux cents pas, un corps se dressa, la tête en bas, pirouetta deux fois sur lui-même et retomba immobile.

« Vous voyez, fit le Peau-Rouge, que l'ennemi n'est pas loin... N'empêche que celui de nous qui a tiré n'a pas les yeux dans sa poche.

— C'est moi, reprit Hervé... Il m'a semblé qu'une face grimacante dépassait un peu le caillou... J'ai visé... C'est toujours un de moins...

— Bien tapé! murmura l'Indien... Mais il en reste... Attendons-nous à l'assaut... »

Une clameur rauque parvint à leurs oreilles !

« Sakootwow! »

C'était le cri de guerre des Esquimaux.

Simultanément, une vingtaine de petits hommes noirâtres, trapus, aux figures bestiales et aux yeux bridés, s'élancèrent dans leur direction.

Une grêle de javelots, faits d'os de poisson affilés en pointe, s'enfoncèrent dans le rempart de neige, sans le traverser. Le froid l'avait rendu plus dur que du granit.

« Feu de salve », commanda Wabingi...

Tous tirèrent.

Sur les cinq diables qui menaient la ruée, quatre s'effondrèrent, frappés à mort. Le cinquième s'enfuit, celui visé par le membre de l'Institut... Il s'excusa.

« Imbécile que je suis !... Je n'ai pas l'habitude... Vous comprenez, toute une vie pacifique!... »

Agnès, triomphante et belliqueuse de plus en plus, l'interrompit :

« Et moi, j'ai visé juste ! »

Coadigou, lui-même n'en revenait pas...

« Magnifique, répétait-il, en glissant une autre cartouche dans le magasin de son fusil... Une luronne, la cousine !...

— Oui, une forte squaw... appuya l'Indien. Tâchez de continuer...

— Y a un autre grain qui chauffe, tout probable ?

— Soyez-en sûr. »

Les flèches ne cessaient pas de pleuvoir, mais inoffensives.

Ils avaient cessé de parler, depuis cinq minutes à peine qu'Agnès poussa un véritable rugissement.

Elle avait quitté son poste de combat, une seconde, pour s'assurer que Bernard était bien couvert.

L'enfant étendu au fond de la tranchée improvisée sur des peaux, et confiant dans la protection de ses grands amis, qui tiraient si bien, se croyait en parfaite sécurité.

La servante était en train de le rassurer encore mieux, lorsqu'elle se sentit frappée par un poing robuste, accroché aux poils de son vêtement, derrière la nuque.

En tournant vivement la tête elle aperçut un Esquimau grimaçant, qui, le bras passé par dessus le talus de neige, du côté opposé à celui où l'alerte venait de se produire, s'efforçait de la haler au dehors...

Mais ce n'était plus l'Agnès pusillanime que nous avons connue... Elle brandit son revolver et l'appliquant contre la tempe de son ravisseur elle lui brûla la cervelle.

Et ce fut un coup double, car Hervé ayant fait volte-face, à l'appel de sa bonne et voyant un second assaillant sur la crête du rempart, l'assomma d'un coup de crosse.

Deux corps sans vie s'affaissèrent de l'autre côté.

Mais Wabingi en conclut que les Esquimaux avaient changé de tactique... Au lieu de les assaillir sur un seul front, ils cherchaient à les tourner.

Il recommanda à Agnès de rester à la place où elle se trouvait tout en faisant bonne garde, alors que lui demeurait en faction en sens contraire. Pour Hervé et Bernard, ils se postèrent derrière les traîneaux à gauche et à droite.

« Vous, ajouta-t-il, en s'adressant à M. Méridien, vous vous tiendrez prêt à vous porter là où il faudra du renfort... Vous êtes la réserve...

— Vous pourrez même dire « la territoriale » fit modestement le savant, conscient de son infériorité. Puis il ajouta, un peu inquiet :

« Espérez-vous que nous puissions tenir contre ces enragés sacripants?... Ils doivent être nombreux?...

— Sans doute, mais nous aurons la supériorité de l'armement. La leçon qu'ils viennent de recevoir va les dégoûter de nous réduire par la force... Il est probable qu'ils vont adopter un autre système.

— Un siège?

— Oui. Ça ne m'effraye pas Nous aurons des munitions et des vivres et ils se lasseront avant nous. D'ailleurs, je compte un peu sur l'intervention de mes frères... Le son porte loin, dans le couloir où nous nous trouvons. Nos coups de fusil les auront alertés. Peut-être même, avertis du voisinage des Esquimaux, qui sont nos ennemis, sont-ils déjà sur le sentier de la guerre. Vous me voyez très tranquille. »

Il ne l'était pas autant qu'il l'affirmait.

Pour que le secours des Indiens de Wabingi fût efficace, il fallait qu'il eût lieu avant la nuit. Autrement, dans l'obscurité, ils perdaient l'avantage de leurs armes sur les assiégeants, beaucoup plus nombreux qu'eux.

Or, entre trois et quatre heures, le jour disparaissait promptement et sa montre en marquait deux.

Tout était calme aux alentours, si calme que M. Méridien, avec sa crédulité de grand enfant, suggéra qu'on ferait peut-être bien de s'en aller.

« Vous n'iriez pas loin, reprit le Peau Rouge. Nous avons démoli quelques Kogmollocks, mais soyez certain qu'il en reste assez pour nous entourer et nous anéantir, malgré nos fusils, s'il n'y a pas un barrage protecteur entre eux et nous. Restons ici et continuons à bien nous garder. »

Les minutes lui semblaient des siècles.

Là-bas au couchant le ciel s'empourprait à l'annonce du soir.

Comme il le craignait, les Esquimaux s'étaient seulement repliés parmi les roches, à quelque distance. Impatients de prendre leur revanche, ils n'attendirent pas l'obscurité pour attaquer de nouveau.

Mais avertis par une expérience qui leur avait coûté cher, ils adoptaient une autre méthode de combat... Ils s'avancèrent en rampant.

« Ne quittez pas vos postes, dit l'Indien à ses compagnons et ne tirez que sur mes ordres. »

Il n'eut pas la peine de les leur donner. Une fusillade éclata sur les derrières des Esquimaux.

« Sauvés ! s'écria-t-il, nous sommes sauvés!... Voilà ceux de ma tribu. A la rescousse, compagnons... Prenons-les entre deux feux. Vous vous arrêterez quand je vous préviendrai. »

La consigne fut exécutée.

Ceux des Kogmollocks qui échappèrent au carnage s'enfuirent éperdument et la place était nette; après que la fumée fut dissipée, on aperçut à la clarté mourante du jour, les silhouettes d'Indiens immobiles, qui considéraient le bastion improvisé, occupé, c'était évident, par des gens ennemis comme ceux des Esquimaux.

Qui étaient-ils? Ils cherchaient à s'en rendre compte avant de s'aventurer davantage

Leur hésitation ne fut pas de longue durée.

En effet, un homme accourait vers eux, qui lançait leur cri de ralliement, accompagné des gestes rituels de leur clan.

Ils reconnurent tout de suite la haute silhouette de leur chef et se précipitèrent à sa rencontre, avec des signes de la plus grande allégresse.

Ce furent en l'accostant, des génuflexions, des manifestations de respect, des démonstrations affectueuses à n'en plus finir.

Sans doute, ils attendaient son retour, mais seul. Or, ils ne pouvaient douter, d'après la multiplicité des coups de fusil, qu'il ne fût escorté d'étrangers.

Pourquoi et comment ?

Wabingi le leur expliqua brièvement et

les ayant amenés auprès d'eux leur présenta nos amis...

M. Méridien se composa un maintien fort digne pour recevoir leurs hommages, estimant qu'en cette circonstance, il devait se départir de son habituelle simplicité.

Il représentait la France et l'Institut! Coadigou ne fit pas tant de façons et ayant entendu dire que chez certains sauvages on se disait bonjour en se frottant le nez, il jugea bon de pratiquer cette méthode.

Mais il en était resté aux mœurs d'autrefois. Il ignorait que les Peaux Rouges, tout en ayant conservé quelques-uns de leurs antiques usages, sont devenus plus civilisés.

Celui qu'il choisit pour lui donner cette marque de politesse ne s'y prêta nullement et en le repoussant, lui tendit la main.

« Comme tu voudras, mon prince, je ne suis pas contrariant, fit le matelot... Tu sais, j'aime autant te serrer la main que de t'embrasser le museau... il est un peu huileux. »

Ce qu'entendant, Wabingi l'engagea à choisir ses expressions :

« La plupart de mes frères, lui dit-il, parlent et comprennent un peu le français, ayant été en rapport avec des Canadiens. »

C'est ainsi qu'un autre Indien baragouina cette phrase à Agnès...

« Toi, gros Monsieur dodu, mais toi, pas moustache... »

L'erreur était excusable puisque l'habillement fourré de la servante était tout pareil à celui d'un homme.

Mais elle riposta d'un ton maussade, l'air pincé.

« Je suis une dame, mon ami. »

En revanche, la satisfaction d'Hervé et de Bernard fut intense quand, étant remontés en traîneau, ils se remirent en chemin, escortés par des Indiens portant des torches et filant sur leurs raquettes.

On allait moins vite, les attelages se trouvant réduits. Trois chiens, ayant quitté l'abri du rempart de neige pendant la bataille avaient disparu et les survivants, encore sous le coup de l'inquiétude, montraient moins d'ardeur.

Mais tant mieux pour nos enfants. Cela prolongeait le plaisir de cette sorte de cavalcade aux flambeaux.

Ah! si son camarade Jeannot, le petit-fils du père Tardivel, le bouquiniste du quai Voltaire avait pu voir Bernard ! Que n'étaient-ils présents les collègues d'Hervé chez Rotondeau et Cie, quand nos enfants firent leur entrée au wigwam des Athapascans ! C'était la réalisation des fantasmagories de leurs rêves.

Cependant les neveux de M. Méridien éprouvèrent une déception.

Déjà, quand ils s'étaient trouvés en présence des Peaux Rouges leur surprise était grande de ne pas voir de tomawaks à leurs ceintures, les tomawaks de la Danse du Scalp!

Elle fut plus grande encore, lorsqu'ils constatèrent que le wigwam, ne se composait pas, comme sur les images des beaux livres dorés, de huttes coniques, drapées de peaux ou d'étoffes bariolées et surmontées de hautes perches, d'où pendaient des attributs divers, selon qu'elles étaient, ces demeures, du Serpent noir ou du Vautour bleu !

Nullement... Dans un enclos entouré de pieux, se serraient les unes contre les autres, sous leurs capuchons de neige, trente cabanes construites en rondins de sapin.

On en mit une à la disposition des voyageurs, dont les meubles très suffisants venaient d'un magasin de Dawson-City.

Un poêle ronflait dans chacune des deux pièces de ce logis, une chambre pour M. Méridien, Coadigou et Hervé, l'autre pour Agnès et Bernard.

Nul de vous, jeunes lecteurs, ne me contredira quand vous saurez qu'ils s'y installèrent avec empressement, heureux de retrouver, après l'existence rude et périlleuse qu'ils venaient de mener, des chaises pour s'asseoir, des lits pour se coucher, une table pour manger et un fourneau pour y faire leur cuisine.

On leur apporta des tranches de venaison qu'Agnès grilla à point selon les règles de l'art et leur menu se corsa d'un macaroni au gratin, saupoudré de fromage, s'il vous plaît, que Wabingi leur avait fait apporter de l'épicerie du wigwam.

L'épicerie du wigwam! Comme ces deux mots associés semblent jurer ensemble! Et pourtant, il y avait en ce village d'Indiens du Northland un commerçant qui, à la belle saison, s'approvisionnait de conserves et de pâtes à Edmonton. Le progrès ne connaît pas d'obstacles.

Allongés voluptueusement sur de vraies couchettes, rembourrées de poil laineux d'orignal, ils passèrent une nuit délicieuse.

Coadigou, qui était matineux, fut debout le premier...

— J'vas faire un tour en fumant ma pipe, dit-il... J'ai envie de visiter le patelin. »

Mais il avait à peine mis le pied dehors,

qu'un Athapascan, en faction devant la porte l'arrêta.

« Toi, pas sortir! dit-il... Chef a défendu.

— Pourquoi ça ?...

— Moi pas savoir. Toi pas sortir!

— En voilà un drôle de citoyen! T'as pas compris ce qu'il t'a dit, le chef. Pourquoi qu'il m'empêcherait de naviguer où que ça me plaît?... On est des frères, tous les deux, comme il dit en parlant de vous autres. Moi camarade, moi me promener.

— Toi pas sortir », répéta l'autre.

Agacé, Coadigou donna un coup de tête dans l'estomac de l'Indien pour l'écarter.

Mais il revint sur lui, appelant à l'aide.

Les deux adversaires, entrelacés et cherchant à se renverser mutuellement se gratifièrent d'aménités, chacun dans son idiome.

M. Méridien, attiré par le tapage se présenta sur le seuil de la cabane ; il ne put qu'assister à l'enlèvement du matelot, tiré par trois naturels venus à la rescousse, malgré les coups de pieds qu'il leur allongeait copieusement.

Il voulut protester, mais le factionnaire exaspéré par sa lutte avec Coadigou, le repoussa brutalement, avant qu'il n'eût desséré les lèvres...

« Toi pas sortir aussi! »

Et il lui ferma la porte au nez.

Le savant, fort interloqué, se retrouva, assis par terre, sous cette énergique impulsion.

« Evidemment, dit-il à Agnès et aux enfants, Coadigou a dû être un peu vif... Mais pourquoi ce gardien? Pourquoi sommes-nous privés de la liberté de nos mouvements?...

— Tout ça n'est pas clair, reprit Agnès... Je me méfie du Wabingi...

— Comptez sur moi pour lui dire ce que j'en pense ! »

CHAPITRE XIII

M. Méridien eut bientôt l'occasion de s'expliquer avec le chef des Athapascans, car il ne tarda pas à se présenter...

« Vous avez bien dormi, monsieur le membre de l'Institut », lui dit-il sur un ton où il sembla à Agnès que perçait un peu d'ironie.

Ce fut elle qui répondit.

« Parfaitement... Mais le réveil a été moins agréable... Dites donc, avec vos airs de Sainte Nitouche, de quel droit mettez-vous en sentinelle devant notre porte un espèce de grand flandrin ?...

— Je vous en supplie, Agnès, ne soyez pas excessive dans vos expressions... Modérez-vous, fit M. Méridien.

— Me modérer! Est-ce qu'ils se modèrent eux autres qu'ont mis l'grappin sur mon cousin.

— Votre cousin n'est pas commode, reprit Wabingi.

— Dame! quand on le turlupine...

— Si j'ai donné l'ordre qu'on s'oppose à ce qu'il sorte, à ce que vous sortiez tous, même par la force, c'est que j'ai mes raisons que je vais soumettre à M. Méridien... Mais ne vous agitez pas. Le sieur Coadigou est dans l'impossibilité de nous nuire, simplement. Il ne lui arrivera rien de fâcheux.

— En voilà des parlementations! Qu'est-ce que tout ça signifie ? Ah ! je me doutais bien que vous cachiez votre jeu ? Je vous ai appelé une fois « bourreau »... je le maintiens.

— Voulez-vous prier votre servante, dit le Peau Rouge à M. Méridien de passer dans la pièce à côté, avec les enfants ?... Ce que j'ai à vous dire est très sérieux et je ne veux pas m'exposer à être interrompu... J'ajoute que si mon intérêt est en jeu, le vôtre l'est aussi... surtout celui d'Hervé et de Bernard. »

L'aîné des garçons, qui, lui, ne cessait pas de croire en l'amitié de Wabingi, insista auprès d'Agnès pour qu'elle consentît à se retirer, car elle s'insurgeait déjà.

« Viens, ma bonne Nénette... Mon oncle nous répétera la conversation. Les choses graves se discutent entre hommes. »

Il parvint à la convaincre... Mais quel pouvait être le motif de cet entretien mystérieux ?

M. Méridien n'était pas moins pressé de le savoir.

Wabingi s'assit en face de lui et les premiers mots qu'il prononça ne furent pas rassurants.

« Vous êtes mes prisonniers », dit-il...

Un coup de massue n'eût pas assommé davantage le pauvre savant...

Il fut quelques instants à se remettre... et quand il put répondre, son indignation se manifesta tout d'abord par le chevrotement de sa voix... Il bégayait.

« Vos vos vos pri, vos pri, vos pri pri pri, vos prisonniers! C'est, c'est, c'est trop fort... Qu'avons-nous donc fait pour cela... L'algarade de Coadigou n'a pas la moindre importance.

— Je ne l'aurais pas séparé de vous si je ne redoutais point ses éclats... Il vaut mieux, étant donné son caractère et son dévouement pour vous qu'il ne soit mis que plus tard en face de la réalité... Tout comme sa cousine... On s'emporte facilement dans la famille...

— Alors, ce que vous avez à m'apprendre est fâcheux pour nous.

— Oui ou non. Ça dépend d'un autre...

— Je suis abasourdi... J'avais foi en vous et je m'aperçois que vous nous avez traînés jusqu'ici pour nous égorger peut-être. »

L'Indien sourit en haussant les épaules.

« Vous me rendez cette justice, monsieur Méridien, que j'ai cherché à vous dissuader d'entreprendre ce voyage, vous et votre bonne. Quant à Coadigou, cela m'a vivement contrarié que vous l'ayez pris en route... Vous avez pu vous en apercevoir... Il me suffisait d'emmener les enfants... Hervé tout seul, à la rigueur.

— Pauvre enfant !

— Ou heureux enfant. Ça dépend d'un autre, je vous le répète. Mais prêtez-moi toute votre attention. Je serai franc. Je joue la partie, cartes sur table.

« Toutefois, comme vous me paraissez ému remontez-vous un peu. »

Il alla prendre dans un buffet une bouteille de tafia et un gobelet d'étain, qu'il tendit à M. Méridien après l'avoir rempli.

« Buvez-en une ou deux gorgées ».

Le malheureux homme qui se sentait déprimé, obéit.

« C'est donc bien terrible, murmura-t-il, ce que vous avez à me révéler ?

— Oui ou non, répéta Wabingi... Mais écoutez-moi !

« Nous autres, Indiens du Northland, nous vivons de la chasse. Nous nous nourrissons de la chair des bêtes que nous tuons et nous vendons leurs fourrures.

« Notre résidence habituelle est plus au Sud, dans la Réserve qui entoure la Black River.

« Quand la saison est propice aux affûts, nous y laissons nos enfants et nos femmes, ainsi que les vieillards et nous nous transportons dans le Northland. Pourtant, contrairement à l'usage, mon épouse et mes parents étant morts, j'avais amené ici, avec moi, mon unique enfant adorée, ma petite Oneïda. »

Il s'arrêta quelques secondes, comme si sa gorge était contractée. Puis il reprit :

« Les peaux se vendent bien et leur commerce tente d'autres que nous. C'est-à-dire des étrangers, qui viennent s'installer sur des territoires qui, de tout temps, ont été les nôtres, des territoires qui constituent pour nous ce que vous appelez « la Patrie ».

« De quel droit !

« Dites, monsieur le Savant, si un beau jour, mes frères et moi nous débarquions en France pour dévaster vos forêts, dites, est-ce que nous n'aurions pas bientôt vos gendarmes à nos trousses ?

« Mais les Indiens n'est-ce pas, ce sont des êtres inférieurs qui ne comptent pas ? Tant pis pour eux s'ils crèvent de faim.

« Donc l'hiver dernier, quelques Européens sont arrivés ici pour y exercer leur métier de trappeurs. Ils avaient à leur disposition des armes perfectionnées, des pièges supérieurement combinés. Ils ont exterminé tant de gibier qu'il est devenu plus rare et que, maintes fois, nous avons rallié notre campement sans le moindre butin.

« Vous êtes équitable. Vous admettez bien que ces ravageurs durent exciter notre ressentiment.

« D'abord je leur demandai amicalement de nous laisser la place libre. Ils me rirent au nez.

« Puis je les sommai de s'en aller... Ou bien c'était la guerre entre nous.

« Ils choisirent la guerre.

« On cherchait à se surprendre les uns et les autres. On multipliait les embuscades, les traquenards, on se guettait sans cesse pour se tuer.

« Et nous eûmes le dessous... Beaucoup de mes Indiens sont tombés sous leurs coups, et souvent, au long des nuits, surgissent devant moi les visages de compagnons que j'aimais, décharnés comme ceux des morts.

« Malgré nos revers nous nous battions toujours !

« Un matin qu'ils nous avaient attirés d'un autre côté, ils passèrent ici en trombe, comme le vent qui vient du pôle; ils me ravirent mon enfant adorée, ma petite Oneïda, que j'avais eu l'imprudence de laisser au logis, sous la garde d'un des nôtres, immobilisé par une blessure au talon. »

Que nos jeunes lecteurs veulent bien se reporter au prologue de cette histoire et ils se souviendront de l'enlèvement de la fillette de « l'Aigle qui plane ». Or, celui-là n'était autre que Wabingi, le chef des Athapascans! Il continua, la gorge serrée:

« Je ne l'ai pas revue depuis. »

Les sourcils de M. Méridien remontèrent sur son front, il écarquilla les yeux et ouvrit la bouche. Ce sont là des signes de grand étonnement.

« Oui, fit le Peau-Rouge, vous n'y comprenez rien. Attendez.

« On me fit savoir qu'on gardait mon enfant bien-aimée comme otage et que si nous continuions nos attaques contre ces étrangers, il lui arriverait malheur.

« L'amour paternel l'emporta sur la fierté.

« Je donnai l'ordre à mes gens, la mort dans l'âme, de s'abstenir de toute hostilité pendant deux années. J'étais prévenu que ce serait la durée du séjour de ces Européens, et qu'alors, au moment de leur départ, Oneïda me reviendrait, dans le cas où le pacte n'aurait pas été rompu.

« Que diriez-vous, monsieur Méridien, si l'on vous privait d'Hervé et de Bernard, que vous chérissez autant que s'ils étaient de votre sang, pendant vingt-quatre longs mois ?

« Cela se passait au mois de mars dernier. Je ne parvenais pas à me résigner et je remuais dans ma tête toutes sortes de projets pour abréger le temps de la séparation. Vous saurez bientôt celui auquel je m'arrêtai.

« Ces trappeurs habitent à deux milles d'ici, au fort Prince-Albert sous la protection des soldats de la police du Royal North West qui l'occupent. Tous les trois mois un courrier emporte leur correspondance avec le reste du monde.

« Je résolus d'intercepter ce courrier.

« Le coup de main réussit. Je lus les lettres tombées en ma possession. De la sorte j'appris le nom du chef des trappeurs et j'obtins des renseignements qui, vous en jugerez, me furent très utiles.

« Depuis que nous avons quitté Paris ensemble les occasions de lever les bras au ciel et de prendre une physionomie de stupéfaction ne vous ont pas manqué.

« Aucun de vos étonnements ne peut se comparer à celui qui va vous saisir à l'instant même. »

Il lui tendit un siège.

« Asseyez-vous pour ne pas choir de votre haut. »

Et après un silence, en détachant les mots:

« Le chef des trappeurs, que ses hommes ont surnommé Roc, s'appelle Jean Primel. »

Malgré la précaution de Wabingi, M. Méridien fût parti à la renverse si celui-ci ne l'avait retenu :

« Jean Primel! Mon neveu! s'écria-t-il, la respiration haletante... Voyons, voyons... Je n'ai pas la berlue! Vous avez bien dit « Jean Primel. »

— Oui, le père d'Hervé et de Bernard...

— Je vais prévenir les enfants, je vais prévenir Agnès, allons aller le trouver immédiatement!... En voilà une nouvelle!... Ah ! je suis bien content! »

Il se leva, tout fébrile, mais l'Indien appuya sur ses épaules et le rassit.

« Attendez la suite de mes explications.

« Ce Jean Primel est un père tendre, comme moi... Dans ses lettres il s'informait longuement de ses chers fils et demandait si l'aîné se plaisait dans son emploi chez Rotondeau et Cie, les grands négociants de fourrures de l'avenue de l'Opéra. « Je n'ignore pas, écrivait-il, en outre, combien il aime les voyages et si mes affaires réussissent, j'espère disposer d'une somme d'argent suffisante pour qu'il vienne me rejoindre. Je suis sûr qu'il ne se fera pas prier. »

Aussitôt un plan se fit jour dans ma tête. Je savais où trouver Hervé... J'étais fixé sur ses goûts aventureux. De plus, il m'était facile d'entrer en relations avec lui, puisqu'il faisait partie du personnel d'une maison à laquelle j'offrirais les pelleteries emportées avec moi.

« Et je mettrais tout en œuvre pour le décider à me suivre.

« Si je réussissais, j'aurais mon otage, moi aussi.

« Je pourrais dire à Jean Primel : « Rendez-moi ma petite Oneïda et je vous rends votre Hervé.

« J'ai réussi!

— Mais c'est un guet-apens, soupira timidement M. Méridien.

— Et comment appelez-vous, s'il vous plaît, l'enlèvement de ma petite fille ?

« Dans tous les cas, ce n'est pas le sauvage qui a commencé.

« Mais je continue.

« Oui, j'ai réussi au delà de mes espérances, puisque non seulement j'ai ramené Hervé, mais encore vous-même et Bernard et votre grosse servante irascible et par dessus le marché, ce sieur Coadigou que nous avons ramassé en chemin.

« Sauf votre respect, je me serais bien passé de vous et de toute la compagnie. Hervé tout seul, Hervé avec Bernard, ce qui valait mieux encore, me suffisaient.

« C'est pour cela, je l'avoue, qu'à Liverpool j'ai tenté de lâcher Mlle Agnès... C'eût été toujours un encombrement de moins. Somme toute, si le paquebot avait levé l'ancre sans elle, l'estimable fille n'en serait pas morte. Nous ne la laissions pas en pays perdu, on l'aurait rapatriée.

« Une autre fois, quand nous eûmes quitté Edmonton, j'ai poussé mes chiens à triple allure, alors que les enfants étaient dans le traîneau, avec l'espoir, je le reconnais, de vous échapper.

« Nous étions encore dans des parages fréquentés... Des passants vous auraient aidé à revenir en arrière. Il n'en eût pas résulté d'autres désagréments pour vous.

« Enfin, ayant échoué dans mes tentatives, je me suis résigné à votre présence et vous reconnaîtrez que je vous ai aidé de mon mieux à franchir les mauvais pas.

« Puisque je n'ai pu vous empêcher de venir jusqu'ici, vous allez me servir. C'est pour cela que je vous ai dit tout à l'heure . « Vous êtes mes prisonniers ».

« J'ai besoin que vous soyez frais et dispos. Il serait très contrariant qu'après avoir supporté vaillamment la fatigue et le froid, vous fussiez exposés, en flânant à travers le wigwam, à attraper des maux de gorge ou quelques rhumatismes. Quant aux enfants, il est encore plus important qu'ils soient en bon état.

« Et voici, honorable Monsieur Méridien, ce que je sollicite de votre obligeance :

« Cet après-midi, après un excellent dîner qui vous fortifiera et vous rendra éloquent, vous irez au fort Prince-Albert et vous direz à Jean Primel : « Tes deux enfants, Hervé et Bernard, sont ici dans les serres de « l'Aigle qui plane ». Remets-lui sa fille et il te remettra tes garçons ».

« Maintenant, prêtez attentivement l'oreille à ceci.

« Si, dans trois heures, vous n'êtes pas revenu, je conclurai que votre neveu refuse, et immédiatement, suivi de mes hommes, je m'enfoncerai dans des forêts impénétrables avec les enfants. Ce serait peine perdue de tenter de m'y rejoindre.

« Quand au Coadigou, vous viendrez le délivrer de ses liens dans la hutte où il sera solidement ficelé, en vous attendant.

« Vous pouvez faire part de mes intentions à Hervé. C'est un enfant de bon sens. Il vous conseillera utilement.

« Ma décision étant irrévocable, toute discussion entre nous serait vaine. Au revoir, Monsieur Méridien. »

Et Wabingi s'éloigna, la mine hautaine.

S'il fût demeuré pour écouter la réponse de M. Méridien, ce sont des remerciements qu'il aurait entendus.

Le brave homme avait quitté son siège léger comme une plume, et il tournait tout autour, en se tenant à lui-même les plus optimistes discours.

« Vraiment, j'ai eu une inspiration du ciel quand j'ai entrepris de traverser les mers et de m'enfoncer dans les solitudes du Nord, avec mes neveux.

« Si nous n'étions pas à portée de leur père, incontestablement l'échange serait impossible. Que fût-il arrivé, c'est qu'à la longue, aigri par la douleur, le Peau-Rouge eût fini par se révolter, coûte que coûte et eût assassiné mon neveu, même en sacrifiant sa fille à sa haine.

« Tandis que tout va très bien s'arranger. Il est impossible que Primel refuse l'échange ; il adore ses enfants, et quand il va savoir qu'il n'a pour ainsi dire qu'à tendre les bras pour les serrer sur son cœur, il n'hésitera pas un instant... »

Il passa dans la pièce voisine et raconta à Hervé et à Agnès ce qui venait de se passer.

Ni l'un ni l'autre ne doutèrent un instant de la réponse du cher papa qu'ils allaient être si heureux de revoir.

« En voilà, du nouveau ! En voilà, du drôle ! disait et redisait la servante. C'est lui, monsieur Jean, qui ne s'attend pas à ça... Il va en être tout congestionné. (Elle voulait dire « émotionné »).

— Je voudrais bien être plus vieux de quelques heures », fit Hervé...

Et Bernard, se haussant jusqu'au cou de M. Méridien et le forçant à baisser la tête pour l'embrasser :

« Depuis le temps qu'on ne le voit plus qu'en photo, not'papa, c'est nous qui allons être contents de le voir en vrai, n'est-ce pas, tonton ?... Mais ça ne fait rien, les choses qui nous arrivent, c'est comme celles qu'on joue au cinéma. »

CHAPITRE XIV

M. Méridien, soit qu'il eût les mains empêtrées dans ses moufles, soit plutôt qu'il éprouvât un trouble bien naturel au moment de partir pour accomplir sa mission auprès de Jean Primel, avait toutes les peines du monde à tirer sa montre de dessous sa veste en peau de caribou.

L'ayant enfin mise au jour, il la considéra en hochant la tête...

« Une heure trente-cinq... Il est en retard... Pourvu qu'il n'ait pas changé d'avis.

— Est-ce qu'on sait, avec un pareil olibrius », fit Agnès, qui n'était jamais rassurante.

A l'instant même, Wabingi parut.

Il était escorté de trois Indiens.

« Celui-ci, dit-il, en désignant l'un d'eux, vous mettra dans votre chemin. Les deux autres vont emmener les enfants dans ma cabane, pour qu'ils soient à ma disposition si... »

Hervé, qui se tenait derrière l'oncle, un bras autour des épaules de son frère, ne le laissa pas achever...

« Nous sommes prêts », dit-il, et, dominant toute sensibilité : « Viens, Bernard, tu es un grand garçon, ne pleure pas, surtout. Papa va bientôt venir nous chercher... A tout à l'heure, Tonton et Nénette... Ne vous faites pas de mauvais sang... »

Puis, se tournant vers l'Indien :

« J'ai toujours eu confiance en vous, moi, monsieur Wabingi...

— Toi, Hervé, reprit-il, tu as plus de cœur et de raison que n'en ont ceux de ton âge. Tu es un homme... »

Ils placèrent Bernard entre eux, chacun le tenant par la main, et s'éloignèrent.

Agnès avait envie de crier, tant elle souffrait d'être séparée de ses chéris. Mais, depuis la bataille avec les Esquimaux, elle était devenue une autre femme.

Elle aussi dompta son émoi et, remarquant que M. Méridien demeurait inerte, les mains sur les yeux pour ne pas voir s'éloigner les enfants, elle le secoua rudement :

« Ce n'est pas le moment de s'attendrir, not'maître... En avant, marche... Tenez, au surplus, voilà le chef qui se retourne... Il a encore quelque chose à nous dire.

— J'oubliais de vous prévenir, leur cria-t-il, qu'arrivés à quelque distance du fort, on pourrait vous prendre pour ce que vous n'êtes pas. Vous êtes vêtus comme nous... Alors gare les coups de fusil !...

— Fichtre ! s'exclama le savant.

— Pour éviter cela, vous attacherez au bout d'un bâton un linge blanc quelconque, un mouchoir, par exemple. »

Agnès en tira un de sa poche, immense, à carreaux violets, celui qu'elle avait étendu, naguère, sur les coussins du wagon.

« Voilà l'affaire.

— Non, pas cela... Les drapeaux de parlementaires sont blancs... A bientôt ! »

Avec les deux garçons, il disparut au tournant d'une cabane.

M. Méridien rentra, se munit d'une trique de sapin et d'une serviette de toilette.

Agnès et lui s'en allèrent, dans la trace du Peau-Rouge chargé de les diriger. Sur ses raquettes, il avançait à bonne allure, ce qui forçait ses compagnons à trottiner derrière lui. Les glissades étaient fréquentes, car ils n'avaient pas l'habitude de marcher sur la neige glacée, mais l'épaisseur de leurs habits rendait les chutes bénignes. Du moins, cela donnait le change à la gravité de leurs pensées.

Tout en s'efforçant de garder leur aplomb, ils causaient...

« Ça n'aurait rien de drôle qu'à cette heure, M. Jean Primel pense à vous, not' maître, et qu'y se figure dans son pardedans que vous êtes en train de débiter un discours à une séance de l'Institut... Ah ! pour sûr, il ne peut pas s'imaginer qu'on est si proches de lui... Y va en avoir, un de ces contrecoups à l'estomac quand on va s'amener devant lui... « C'est pas croyable ! C'est pas croyable !... » qu'il va dire sur tous les tons.

— Le fait est, ma bonne Agnès, que cela tient du prodige... Un autre que lui, en nous voyant ainsi à l'improviste, serait interloqué au point d'en être malade, peut-être. Je ne crains pas cela pour lui. C'est un gaillard énergique, à l'épreuve de tout... Mais pourvu que l'échange de cette fillette contre nos garçons ne souffre pas de difficultés... Il n'est pas seul. Sera-t-il libre d'agir à son gré ?

— Il ne manquerait plus que ça... Ne dites pas des choses pareilles... Vous me coupez les jarrets, et j'en ai besoin plus que jamais, pour rester d'aplomb sur ces fichues patinoires... Ce que je regrette le pavé de bois ! »

Ils arrivèrent en haut d'une éminence d'où le guide leur désigna, sur un mamelon qui n'était pas très éloigné, l'enceinte et les bâtiments du fort Prince-Albert.

Puis, ayant prononcé laconiquement ce simple mot : « Bonjour », il s'en retourna.

M. Méridien attacha la serviette au bout du bâton. En l'agitant à tour de rôle, au-dessus de leurs têtes, aussi haut qu'ils le pouvaient, ils avancèrent prudemment, appuyés l'un sur l'autre.

« Je n'aurais jamais cru, dit le savant, me trouver un jour dans une situation semblable. Elle est assez périlleuse, somme toute.

— Vous êtes sûr qu'en secouant notre espèce d'oriflamme, on va les empêcher de nous envoyer des coups de fusil, au cas que l'idée leur en viendrait ? Ça serait peut-être plus prudent de nous mettre à quatre pattes.

— Gardez-vous en bien, ma fille, ils nous prendraient pour des ours... Mais, tenez, voilà deux hommes qui sortent du fort et s'avancent vers nous. Voyez, il brandissent aussi un drapeau blanc. Ça signifie qu'ils ont compris nos signaux. Nous n'avons rien à craindre. »

Les Canadiens, un officier et un soldat, après avoir parcouru cent mètres, s'arrêtèrent et les attendirent.

L'officier les laissa s'approcher. Distinguant mal leurs visages encapuchonnés et les prenant pour des Athapascans, il leur demanda en dialecte indien ce qu'ils voulaient...

Evidemment, il s'attendait si peu à la réponse qu'il ne put réprimer un haut-le-corps quand M. Méridien reprit :

« Nous sommes Français. Permettez-moi de nous présenter. Je suis M. Claude Méridien, de Paris, membre de l'Institut, officier de la Légion d'honneur, et la personne qui m'accompagne est ma servante, Agnès Toupignon.

L'officier poliment s'inclina, et la conversation continua, cette fois dans notre langue. Il répéta sa question, non sans avoir, au préalable, déclaré combien pareille visite était en dehors de toute prévision.

« Comment vous trouvez-vous ici, et quel motif vous amène ?

— Je viens de la part du chef des Peaux-Rouges, Wabingi.

— J'aurais dû le deviner. Sans son consentement, vous n'auriez pu parvenir jusqu'ici. Quel est le but de votre mission ?

— Est-il exact qu'un Français, Jean Primel, habite le fort ?

— Très exact.

— C'est mon neveu, et je désirerais le voir. La proposition que j'apporte l'intéresse particulièrement.

— Bien. Nous allons vous conduire près de lui. Auparavant, je suis obligé de vous fouiller tous les deux afin de m'assurer que vous ne portez pas d'armes sur vous. »

Ils pénétrèrent dans le fort où l'on procéda à l'opération. Puis l'officier les conduisit à la chambre du trappeur.

A ce moment même où M. Méridien et Agnès allaient être introduits, la pensée de Jean Primel l'emportait là-bas, dans l'appartement du quai Voltaire, tandis qu'il taillait, à même un morceau de bois, une poupée grossière.

Assise de l'autre côté de la table, une jolie enfant, pleine de santé, et qu'il suffisait de regarder un instant pour s'assurer qu'elle était bien soignée, tant ses couleurs étaient vives et sa bouche souriante, le regardait attentivement, sachant bien que « Bon ami », comme elle l'appelait, travaillait à son intention.

C'était Oneïda, la fillette de Wabingi, celle-là même qui avait été surprise par les compagnons de Jean Primel et qu'il avait dû garder comme otage, nous savons pourquoi, tout en déplorant les circonstances dans lesquelles elle était tombée entre ses mains. M. Méridien l'aperçut immédiatement quand il pénétra dans la pièce. Ainsi, elle n'avait pas quitté le fort... L'échange pourrait se faire !

Il ne put s'empêcher de crier :

« Merci, mon Dieu... Tout va bien ! »

Primel, d'un élan, fut debout, repoussa sa chaise et se retourna.

Cette intonation, cet accent ! Etait-il donc en proie à une hallucination ?

Et voilà, en fixant les visiteurs, qu'il les reconnut.

Son oncle ! Agnès !...

Mais non, c'était impossible ! C'est le rêve auquel il venait de s'abandonner qui se transformait en mirage!... Est-ce qu'il devenait fou ?

Et voilà qu'un de ceux qu'il prenait pour une figure de songe s'emparait de lui et,

DEUX HOMMES SORTIRENT DU FORT ET RÉPONDIRENT AUX SIGNAUX DE M. MERIDIEN

saisissant ses mains, les pétrissait dans les siennes, qu'il sentait contre son front la chaleur de deux têtes et qu'en même temps, deux voix se confondaient, deux voix familières à ses oreilles...

« Tu ne reconnais donc pas ton oncle Méridien ?

— Vous ne reconnaissez pas Agnès, monsieur Jean ? »

Il les regarda longuement...

Si fantasmagorique que fût la présence du savant et de la servante, là, au fort Prince-Albert, en plein Northland, il ne pouvait plus douter...

Encore étourdi, il se livra tout entier à leurs étreintes et, en particulier, aux embrassades de la brave fille qui n'avait jamais eu une si belle occasion de satisfaire sa manie.

Puis une exclamation lui partit du cœur :

« Et mes garçons ?

— Ils sont ici, reprit M. Méridien. Tu vas les revoir !...

— Pourquoi ne les avez-vous pas amenés ? »

Alors M. Méridien, assis sur la couchette de son neveu, car cette scène émouvante lui avait rompu les reins, raconta leur incroyable histoire.

Agnès, attirée par la gentillesse d'Oneïda qui, un peu effarouchée, s'était accroupie dans un coin, était allée vers elle et l'avait prise sur ses genoux... La petite, gagnée par les caresses de l'excellente personne, s'était laissée faire et, de toutes ses oreilles, elle écoutait le récit de M. Méridien.

Quand il en vint à la déclaration personnelle de Wabingi qu'il disparaîtrait avec Hervé et Bernard si on ne lui rendait pas sa fille, elle courut brusquement à Jean Primel et, s'agenouillant à ses pieds, les mains jointes :

« O bon ami, moi revoir mon père ! » et son torse frêle fut secoué de sanglots.

Le trappeur la releva et, l'ayant considérée un instant, le visage empreint d'une pitié infinie, il la haussa jusqu'à ses lèvres et lui posa un baiser sur le front :

« Ne pleure pas, ma belle ! »

Puis, après un très court silence, durant lequel il sembla que de multiples réflexions se pressaient dans son esprit, il ajouta :

« Tu reverras ton père ! »

Et regardant l'officier :

« Lieutenant Daniel, voulez-vous vous charger de la petite pendant que nous finirons de causer, mon oncle et moi ?... Vous m'approuvez, n'est-ce pas ?

— Cela vous regarde... » répondit celui-ci avec une raideur toute militaire, sous laquelle, cependant, perçait une approbation, car il affectionnait aussi la petite Indienne.

C'est pourquoi elle le suivit sans aucune difficulté, pleurant de joie après avoir pleuré d'inquiétude.

Dès qu'ils eurent disparu, M. Méridien, radieux, ne tarit point en remerciements à Jean Primel qui fut, d'autre part, obligé de mettre un frein aux témoignages débordants du bonheur d'Agnès.

A son tour, il leur exposa rapidement quelle avait été son existence depuis leur séparation.

Comme nous le savons aussi, n'ayant pas réussi au Yukon, il était venu dans les territoires du Northland pour y chasser les animaux à fourrure.

« A peine arrivé, dit-il, je fus en butte à l'hostilité des Indiens. Ils se considéraient comme les maîtres du pays où nous venions nous installer, comme les seuls ayant droit au gibier que nous traquions... Oh ! je reconnais que leurs prétentions n'étaient peut-être pas sans fondement... Mais ce sont de vastes territoires où l'on peut soutenir qu'il y a place pour tout le monde... C'est la lutte pour la vie. »

« Celle que nous eûmes à soutenir fut rude et sanglante. Plusieurs de mes camarades furent tués. Si Wabingi se plaint qu'un certain nombre de ses frères soient tombés sous nos coups, mon sort est pareil au sien. Nous sommes quittes.

« Un jour, à mon insu, alors que la mort n'avait pas fait autant de vides dans nos rangs, quelques-uns des miens lui ravirent sa fille.

« Je les en blâmai... Ce sont là des procédés de guerre qui me répugnent. Je voulus lui rendre Oneïda.

« Ils m'en empêchèrent.

« — Les Indiens, dirent-ils, interpréteront votre générosité comme une faiblesse. Leur audace s'en accroîtra. Ils redoubleront de malveillance envers nous. »

« Je leur cédai. Le fait est que, depuis ce jour où Oneïda fut notre prisonnière, nous pûmes chasser en paix. Mais, à partir de ce moment, soit par l'effet du hasard, soit comme conséquence de manœuvres que j'ignore de la part des Indiens, le gibier se fit plus rare, si bien que mes compagnons survivants se sont lassés et sont parvenus à quitter le fort. Présentement, je suis le seul qui reste. Pourtant, j'ai persisté dans mon entêtement, par un faux point d'honneur, mais j'étais tourmenté de remords et je me suis efforcé de rendre plus douce la captivité de l'innocente. D'ailleurs, je sentais la réprobation tacite de l'officier qui commande ici... Il m'a souvent répété, comme vous l'avez entendu me le dire tout à l'heure :

« Cela vous regarde... » Mais j'ai bien deviné qu'il protestait intérieurement contre ma conduite dans sa loyauté de soldat, et lui aussi a toujours gâté l'enfant du Peau-Rouge.

« Je me repens.

« Je demanderai pardon à Wabingi du mal que je n'ai pas fait, mais que j'ai laissé faire... Je frémis de ce qu'il a dû souffrir à la seule pensée de ce que je souffrirais si l'on me prenait mes enfants...

« Je vais immédiatement faire atteler les traîneaux et faire prévenir Oneïda »

Ce ne fut pas long.

Une demi-heure ne s'était pas écoulée que cinq takus, à la file, fendaient l'espace, le premier, surmonté de la serviette de toilette de M. Méridien, qui flottait au vent en signe de paix.

S'ils étaient aussi nombreux, c'est que le lieutenant Daniel, tout en approuvant la détermination de Jean Primel, avait tenu à l'escorter avec deux de ses soldats. Ils ne doutait pas des intentions droites de Wabingi, mais prudence est mère de sûreté.

« L'Aigle-qui-plane » les vit venir de loin.

Il se tenait à l'entrée du wigwam, entouré, lui aussi, d'une troupe d'Indiens, la tête surmontée de sa coiffure de plumes, dont il s'était paré pour une circonstance aussi solennelle, malgré qu'elle ne fût pas de saison.

Dès qu'il distingua, de ses yeux perçants, habitués à sonder les lointains, la silhouette de son enfant adorée, il étendit ses bras en croix. Redressant sa haute taille, le front tourné vers le ciel et le visage illuminé d'allégresse, il psalmodia une sorte d'oraison au Grand Esprit.

Et, aussitôt, il donna l'ordre d'amener Hervé et Bernard et de délivrer Coadigou.

Notre matelot, dont les réflexions étaient loin d'être roses, dans le local où on l'avait enfermé, crut qu'on venait le chercher pour le lier au poteau du supplice.

Mais ses transes furent de courte durée, car il arriva au lieu de la rencontre à l'instant où les traîneaux s'arrêtaient, pour voir les garçons s'élancer dans les bras de leur père et la petite Indienne se précipiter au cou de Wabingi.

Oh ! le spectacle touchant de ces deux hommes serrant étroitement sur leur poitrine des enfants chéris, toujours présents dans leur cœur, mais depuis si longtemps absents de leurs regards !

Un frémissement courut dans les rangs des témoins de cette scène, et des larmes perlèrent aux yeux des rudes Athapascans et des soldats endurcis de la police du Royal North-West.

« Ah ! que c'est gentil ! C'est-y gentil ! » ressassait constamment Coadigou, en dansant d'un pied sur l'autre, les paupières humides, et soutenant Agnès dont les pleurs ruisselants étaient entrecoupés d'éclats de rire nerveux.

M. Méridien jugea qu'en sa qualité de représentant le plus autorisé de la civilisation dans ces contrées incultes, il devait célébrer un événement aussi mémorable par quelques paroles bien senties.

« Messieurs, mes chers amis... dit-il... Nous sommes tous... Nous sommes tous... »

Mais sa gorge se contracta ; les mots ne sortaient point...

« Est-ce bête ! Est-ce bête !... » eut-il encore la force d'ajouter, et il fut secoué de sanglots.

C'était plus éloquent que tous les discours.

Quand l'émotion bien naturelle de tous se fut un peu calmée et que les premiers épanchements eurent pris fin, Jean Primel s'approcha du chef des Peaux-Rouges :

« Wabingi, lui dit-il, je vous demande de me pardonner. J'ai toujours regretté le rapt de votre chère enfant et, s'il n'avait dépendu que de moi seul, elle vous eût été rendue depuis longtemps.

— Dans un jour de joie comme celui-ci, on oublie les injures. Je vous pardonne. Nous étions en guerre !

— Et maintenant, c'est la paix », reprit le trappeur en lui tendant la main.

L'Indien la prit, la serra franchement et répéta :

« C'est la paix !

— Oneïda vous dira que je l'ai entourée de soins et d'affection.

— Elle vient de me le dire. Votre oncle et vos enfants vous assureront à leur tour que je les ai défendus dans les passages périlleux.

— Ça, c'est vrai, intervint Agnès... Seulement, mon cher ami, une fois vous avez essayé de vous débarrasser de ma personne et, une autre fois, si mon cousin n'avait pas ouvert l'œil, vous nous semiez en route, not'maître, lui et moi... »

Coadigou, mis en cause, auquel son incarcération du matin restait sur le cœur, s'écria :

« Et vous avez fourré Bibi au violon ! C'est-y encore vrai, çà ? »

M. Méridien, jugeant ces récriminations intempestives, y coupa court.

« M. Wabingi, fit-il, m'a donné de sa conduite des raisons parfaitement valables... Tout cela, c'est le passé. N'y revenons pas. »

Et, sans se départir de son urbanité caractéristique, il poursuivit :

« Ne vous semble-t-il pas, messieurs, que le thermomètre devant marquer dans les 45° au-dessous de zéro, nous serions infiniment mieux dans un appartement chauffé pour continuer la conversation ? »

Une motion aussi pleine de bon sens ne pouvait qu'être accueillie favorablement.

Les soldats regagnèrent le fort, sauf le lieutenant Daniel que Wabingi invita à dîner, avec nos amis, dans sa maison de bois.

Quand on a sous la main des gibiers de qualité, point n'est difficile d'improviser un excellent repas, et, comme au temps où nous sommes, il ne faut s'étonner de rien, on y porta la santé de chacun des convives et l'on y but à l'Institut de France avec du champagne... Et oui, du champagne, dont il restait deux bouteilles à Wabingi, d'une caisse rapportée d'un voyage à Dawson City, au Yukon.

On avait placé les enfants côte à côte et ils furent les héros de la fête. Dès le milieu du dîner, Bernard et Oneïda étaient les meilleurs amis du monde. La petite Indienne, éduquée par son père, savait déjà quelques mots de français, et elle s'était perfectionnée dans notre langue auprès de Jean Primel. Le petit Parisien ignorait totalement l'athapascan, mais les enfants se comprennent toujours quand un mutuel penchant les attire.

Au dessert — ce n'est pas pour rien qu'on est vice-président de la Société de Géographie et académicien — M. Méridien abonda en toasts variés qui faillirent endormir toute la société.

Mais il y eut, pour les réveiller, la *Chanson d'Anne de Bretagne avec des sabots*, qu'Agnès piailla d'une voix de chat écorché, et Coadigou, un peu pompette, entonna des couplets de matelot dont il fut seulement possible de comprendre le refrain :

C'ti-là qui manque l'embarcation,
C'ti-là y n'aura pas,
C'ti là y n'aura pas,
Du vin dans son bidon.

Jamais les échos du Northland n'avaient été à pareille fête.

Quand il eut fini sa romance, on parvint à le persuader qu'il n'avait rien de mieux à faire que d'aller se coucher...

Agnès, dont la chaufferette était éteinte — car, au milieu de tant de péripéties, elle ne l'avait point lâchée — imita volontiers le cousin ; Bernard et Oneïda pareillement. Pour le lieutenant Daniel qui, en bon sujet britannique, avait terriblement mangé, il alla s'étendre, dans la pièce voisine, entre des peaux épaisses, pour y associer chaudement un bon somme et une heureuse digestion.

Fort tard dans la nuit, en buvant du thé, devant une belle flambée dont les reflets ajoutaient encore à la joie de leurs visages, M. Méridien, Jean Primel, Wabingi et Hervé causèrent sérieusement.

L'Indien, de plus en plus convaincu des qualités d'énergie, d'endurance et de jugement du jeune garçon, avait dit au père, dans son langage imagé :

« Votre fils est un arbuste qui porte des fruits avant d'avoir atteint la taille d'un arbre. »

Et Jean Primel avait répondu :

« Aussi, je compte m'appuyer sur lui dans l'entreprise que je projette. »

Et il exposa ses intentions :

« Wabingi, en venant m'établir, avec la troupe de trappeurs que j'avais enrôlée, dans les territoires où vous chassiez avant moi, et qui s'étend sous le ciel que vous avez contemplé dès que vos yeux se sont ouverts, vous estimez que j'ai empiété sur votre domaine... soit.

« Je vous ai fait tort... Nous avons abattu un certain nombre de bêtes dont les dépouilles ne devaient pas vous échapper, pensez-vous.

« De ce fait, j'ai amassé des peaux de toutes sortes que je vendrai facilement et qui représentent une somme importante.

« Je vous offre un partage. »

Le chef athapascan protesta.

« Je vous sais gré, dit-il, de votre procédé. Mais tout cela, c'est le passé.

— Non, reprit Jean Primel, c'est l'avenir, c'est pour assurer le sort de votre bien-aimée fillette qui m'est chère aussi, et le sort d'Hervé que vous estimez à sa juste valeur, et le sort de mon petit Bernard qui suivra ses traces.

« Vous ne pouvez donc pas refuser.

« Voici mon plan.

« Je vais rentrer en France. Je suis las de ma vie aventureuse. Avec le stock de four-

LE TRAPPEUR ET WABINGI SE SERRÈRENT LA MAIN EN DISANT : « C'EST LA PAIX. »

rures en ma possession, je fonderai une maison. C'est vous, resté dans la région des chasses, qui l'approvisionnerez. Nous serons associés. Ce sera la Maison Primel et Wabingi.

« Et cela vous donnera l'occasion de retourner à Paris, parfois, avec Oneïda, que nous serons heureux de revoir, et sans l'arrière-pensée de ramener Hervé au Northland.

— Je compte bien y revenir tout seul, interrompit celui-ci.

— Oui, pour des raisons commerciales, peut-être, continua le père... C'est convenu, n'est-ce pas, Wabingi ?... Vous ne pouvez pas refuser. »

Il accepta.

Raconter le voyage du retour de M. Méridien et de ses compagnons, augmentés de Jean Primel, n'apprendrait rien de nouveau.

Ils ne reprirent la route à travers les déserts de neige qu'après trois mois de vie mouvementée et saine, sur la piste et à l'affût des animaux sauvages.

Seule, Agnès restait autour du poêle, à surveiller les jeux d'Oneïda et de Bernard, auquel on avait confectionné un vrai costume de Peau-Rouge, à grand renfort de plumes, qui fit ses délices, tant qu'il n'eût pas trop grandi, aux mardis gras et mi-carêmes des années suivantes.

La bonne fille persista à déblatérer contre l'odieux pays où Wabingi les avait entraînés, ce qu'elle ne lui pardonna jamais.

Pourtant, sans le voyage, elle n'eût pas retrouvé le cousin Coadigou, et il faut que vous sachiez que, dès le retour à Paris, elle l'épousa, et qu'il fut élevé à la dignité de principal garçon de magasin chez Primel et Wabingi.

C'est un couple parfaitement heureux, parce que l'ancien matelot, étant habitué aux bourrasques, ne s'émeut pas des perpétuelles algarades de son épouse.

Elle est toujours au plus mal avec la mère Michel, la concierge. Celle-ci, dans les premiers temps du retour de la servante, s'était montrée pleine de considération pour une personne qui revenait du bout du monde.

Mais ce ne fut qu'un armistice. La bataille a recommencé du jour où la concierge répondit à Agnès, qui se plaignait de tant de misères supportées : « En tout cas, ça ne vous a pas fait maigrir; vous êtes toujours grasse comme une loche. »

Ce sont des choses qu'on n'oublie pas.

Hervé justifie la confiance de son père et de Wabingi. Il acquiert peu à peu l'expérience de son métier, qu'il compte parfaire encore en passant un hiver au Canada.

Bernard lit de plus en plus les œuvres de Jules Verne, à plat ventre sur le tapis. Mais les plus magnifiques aventures le laissent un peu froid. N'a-t-il pas été lui-même un explorateur en butte à des périls sans nombre ?

Quant à M. Méridien, son contentement est parfait. Il n'est plus un géographe en chambre, et quand il reçoit quelque voyageur revenant du centre de l'Australie ou de l'intérieur du Thibet, il faut voir comme il grasseye en l'appelant « Mon cherrr Camarrrade » !

Toutefois, si vous le poussez dans ses derniers retranchements, il vous confiera dans le tuyau de l'oreille que, la nuit, quand il entend la sirène d'un bateau descendant la Seine, vers la mer, il s'enfonce davantage sous son édredon et murmure voluptueusement : « Bonne navigation ! Amusez-vous bien. Moi, je ne bouge plus ! »

Imprimerie du Palais, 20, rue Geoffroy-l'Asnier, Paris.

BIBLIOTHÈQUE VERTE

About (E.) : *Le Roi des Montagnes.*

Agraives (J. d') : *Le Maître du Simoun.*
— *La Cité des Sables.*

Armagnac (Mlle d') : *Un Drame à la Cour d'Orthez.*

Assollant (A.) : *Pendragon.*

Balzac : *Eugénie Grandet.*

Claretie (J.) : *Récits héroïques.*

Conan Doyle : *La Bande mouchetée.*

Crévelier (J.) : *Le Mouchoir du Capitaine Villeneuve.*
— *Les Trois Fiancées de Nicolas.*

Daudet (A.) : *Contes choisis.*

Des Gachons (J.) : *L'Ile au poison.*

Dumas (A.) : *Le Capitaine Pamphile.*

Erckmann-Chatrian : *Contes choisis.*
— *Madame Thérèse.*
— *L'Ami Fritz.*

Girardin (J.) : *La Disparition du Grand Krause.*
— *Nous autres.*

Labiche (E.) : *La Cagnotte.* — *La Grammaire.* — *L'Affaire de la rue de Lourcine.*

Laurie (A.) : *Le Capitaine Trafalgar.*

Lorédan-Larchey : *Les Cahiers du Capitaine Coignet.*

Maël (P.) : *Le Trésor de Madeleine.*
— *La Marmotte.*
— *Un Mousse de Surcouf.*

Mayne-Reid : *Les Robinsons de Terre ferme.*

Mérimée (P.) : *Les faux Démétrius.*

Nahuque (J. de) : *Sur la terre d'Afrique.*

Pastre (G.) : *La Ville aérienne.*

Scott (Walter) : *Ivanhoé.*

Sevestre (N.) : *Boule de Neige.*

Stahl (P.-J.) : *Histoire d'un Ane et de deux Jeunes Filles.*
— *Les quatre Filles du Dr Marsch.*
— *Maroussia.*

Stevenson : *L'Ile au Trésor.*

Thébault : *Les Robinsons de la Somme.*

Toudouze (G.) : *Reine en Sabots.*
— *Le Mystère de la Chauve-Souris.*
— *La Sorcière du Vésuve.*

Verne (J.) : *Un Drame en Livonie.*
— *Voyage au Centre de la Terre.*
— *La Chasse au Météore.*
— *Le Chancellor.* — *Martin Paz.*

Vincent (Paul) : *Les Suites d'un Pari.*

Webster (J.) : *Papa Faucheux.*

Wiggin (K.-D.) : *Les Locataires de la Maison jaune.*

BIBLIOTHÈQUE DE LA JEUNESSE

Achaume (A.) et **Dubois** (M.) : *Jean-Paul Choppart.*

Agraives (Jean d') : *Le Petit Robinson.*

Allorge : *Ciel contre Terre.*

Assollant (A.) : *Montluc-le-Rouge.*

Bombonnel : *Bombonnel, le Tueur de Panthères.*

Borius (Julie) : *La Petite Cosaque.*
— *L'Héritier du cousin Baldinoen.*

Cahun : *La Bannière bleue.*
— *Aventures du Capitaine Magon.*

Chabrier-Rieder (Mme) : *Fils de Veuve.*

Chatellus (A. de) : *La Sœur de Gribouille.*

Chéron de la Bruyère : *Nora.*

Cim (A.) : *Amis d'enfance.*

Colomb (Mme) : *Jean l'Innocent.*

Fleuriot (Z.) : *Grandcœur.*
— *Le clan des têtes chaudes.*
— *Monsieur Nostradamus.*

Genestoux (Magdeleine du) : *Jean-Louis-le-Têtu*
— *Le Trésor de M. Toupie.*
— *Les Millions de Philippe.*
— *Une folle Équipée.*

Géniaux (Ch.) : *Un Corsaire de Treize ans.*

Girardin (J.) : *Le Capitaine Bassinoire.*

Gorsse (H. de) : *Cinq Semaines en Aéroplane.*

Gorsse (H. de) et **Guitet-Vauquelin** (P.) : *Le petit héros du Bled.*

Jacquin (J.) et **Fabre** (A.) : *Les Petits Naufragés du Titanic.*
— *Le Chien de Serloc Kolmès*

Jeanne (H.) : *Maman bleue.*

Jeanroy (Th.) : *L'Enfant des Fées.*

Laumann et **Bigot** : *L'Étrange Matière.*

Laumann et **Lanos** : *L'Aéro-Bagne 32.*

Le Mouël : *Dibidoub l'Ambitieux.*
— *Une Pension en Aérobus.*

Mac Adam : *L'Enfant de l'île enchantée.*

Maël (Pierre) : *Le Forban noir.*
— *La Fille de l'Aiguilleur.*

Malot (Hector) : *Romain Kalbris.*

Mariel (P.) : *Le Filleul de l'Éléphant.*

Mouton (E.) : *Vie et Aventures de Marius Cougourdon.*

Nahmias (R.) : *Roman d'un Perroquet.*

Nanteuil (Mme de) : *Capitaine.*

Pitray (Paul de) : *L'Auberge de l'Ange-Gardien, pièce.*

Renaud (J.-Joseph) : *Un mystérieux Message.*

Sevestre (N.) : *La Main rouge.*
— *Tour du Monde en Quatorze Jours.*
— *Trois jeunes aviateurs au Pôle Nord.*

Toudouze (G.) : *Le Petit Roi d'Ys.*
— *La Fille du Proscrit.*
— *Pierrette la Téméraire.*

Urgel (Ivan d') : *Le Caillou rouge.*

Valdor (P.) : *Cœur vaillant.*

Vernou (P.) : *Les Pirates de l'Air.*
— *Aventures de deux Scouts alsaciens.*

Vincent (P.) : *Toujours à l'Affût.*
— *Le Fantôme vert.*

Vix (Pierre) : *Le Secret de la Mine.*

IMP. HENRY MAILLET, PARIS

www.ingramcontent.com/pod-product-compliance
Ingram Content Group UK Ltd.
Pitfield, Milton Keynes, MK11 3LW, UK
UKHW022119260726
13993UKWH00003B/1109